Brigitte Marleau

AsClé

La solution finale

Catalogage avant publication de Bibliothèque et Archives
nationales du Québec et Bibliothèque et Archives Canada

Marleau, Brigitte, 1968-

Asclé

Sommaire : t. 1. La promesse — t. 2. La vengeance — t. 3. Le combat —
t. 4. Le trésor — t. 5. La terreur — t. 6. La mort noire — t. 7. La solution
finale.

Pour les jeunes de 13 ans et plus.

ISBN 978-2-89595-315-9 (v. 1)
ISBN 978-2-89595-316-6 (v. 2)
ISBN 978-2-89595-317-3 (v. 3)
ISBN 978-2-89595-382-1 (v. 4)
ISBN 978-2-89595-430-9 (v. 5)
ISBN 978-2-89595-436-1 (v. 6)
ISBN 978-2-89595-533-7 (v. 7)

I. Titre. II. Collection : La solution finale.

PS8626.A754A82 2008
jC843'.6   C2008-940738-5
PS9626.A754A82 2008

Auteure : Brigitte Marleau
Révision : Christine Barozzi, Sophie Ginoux et Sarah Bigourdan
Illustration : Sophie Wilkins
Graphisme : Mika

Dépôt légal — Bibliothèque et Archives nationales du Québec,
3ᵉ trimestre 2010

ISBN 978-2-89595-533-7

Gouvernement du Québec — Programme de crédit d'impôt
pour l'édition de livres — Gestion SODEC

Boomerang éditeur jeunesse remercie la SODEC pour l'aide
accordée à son programme éditorial.

Nous reconnaissons l'aide financière du gouvernement
du Canada par l'entremise du Programme d'aide au
développement de l'industrie de l'édition (PADIÉ)
pour nos activités d'édition.

Imprimé au Canada

À Pierre,
souvenir de guerre...

Table des matières

LA CARAVANE DES BOHÉMIENS

Les chiens aboient, la caravane passe.
Proverbe arabe

Asclé sortit de la classe de français en compagnie de ses amis Étienne et Marianne, puis elle les devança d'un pas rapide. Elle portait un jean et un t-shirt noir orné du logo d'Amnistie internationale[1]. Étienne, qui sentait que sa petite amie n'allait pas très bien, la rattrapa et posa une main sur son épaule.

— Asclé, attends ! Il n'y a pas le feu. Qu'est-ce que tu as ?

— Rien !

Marianne se rapprocha et poussa Étienne.

— Laisse-la ! Elle a le droit de ne pas vouloir te parler.

— Bon, ça va, Princesse, je ne crois pas que tu sois obligée de t'en mêler.

— Et pourquoi ne soutiendrais-je pas mon amie ?

---

[1] Organisation internationale qui défend les droits de l'homme à travers le monde.

— Parce que figure-toi que c'est ma petite amie.

— Ah oui, et qu'est-ce que ça change?

— Assez! s'écria Asclé. Allons dîner dehors, je vous expliquerai ce qui me tracasse.

Ils descendirent les escaliers pour se rendre à leurs casiers. Ils y déposèrent leurs cartables et prirent leurs boîtes à lunch, ainsi que leurs vestes. Marianne vérifia la tenue de son maquillage dans le miroir qu'elle avait accroché à la porte de son armoire.

— Princesse, tu es parfaite, arrête!

— De quoi te mêles-tu?

— Sans blaguer, tu es très bien. Tu n'as pas besoin de te repoudrer systématiquement le nez.

— Toi, par contre… Je devrais passer un peu de fond de teint sur ton nez pour masquer ton gros bouton.

— Quoi? Quel bouton?

Étienne se toucha précipitamment le visage.

— Elle t'agace! le rassura Asclé. Allez, on s'en va!

Les trois amis se rendirent sur le terrain de football et grimpèrent jusqu'en haut des gradins.

« Heureusement, Marianne porte pour une fois un pantalon et non une robe », pensa Étienne sans le lui faire remarquer. Asclé, quant à elle, était toujours silencieuse.

— Eh bien, j'écoute ! l'encouragea Étienne.

Elle soupira, attrapa son sandwich, le regarda et le remit dans son sac. Elle n'avait pas faim et n'arrivait pas à se l'expliquer.

— Je ne sais pas bien ce qu'il se passe, mais je n'aime pas monsieur Sizan.

Elle frappait de sa main les marches en métal.

— Le professeur d'histoire ? demanda Étienne, étonné. Moi, je trouve qu'il est bien, comme prof.

Marianne exprima son indifférence en haussant les épaules et croqua son sandwich à pleines dents. Étienne ouvrit sa boîte à lunch et s'exclama :

— Oh non ! Encore un sandwich au jambon !

Asclé sourcilla.

— Tu ne m'avais pas dit que tu préparais toi-même ton lunch ?

— Tout à fait ! Mais je me plains juste pour le plaisir et pour te faire réagir.

— Idiot ! intervint Marianne.

— En tout cas, je trouve monsieur Sizan sympathique. Il organise même un voyage en Allemagne et il sera notre accompagnateur, lança Étienne, la bouche pleine, pour changer de sujet.

Asclé fit la moue. Étienne mangeait bruyamment, la bouche ouverte.

— Ferme ta bouche, c'est dégoûtant ! se plaignit Marianne.

Mais Étienne l'ouvrit exprès encore plus grand, pour que Marianne y voie la nourriture au fond. Elle le repoussa si violemment qu'il faillit perdre l'équilibre.

— Wow, du calme ! Je rigole, là.

— Eh bien, pas moi ! Asclé, continue !

— Je ne sais pas… J'ai peut-être juste une mauvaise impression, mais aujourd'hui, il a posé trois questions à trois garçons et les a récompensés avec des friandises…

— Oui, je sais ! sourit Étienne en sortant de sa poche l'un des suçons en question. En quoi cela fait-il de lui une mauvaise personne ? Tu ne serais pas jalouse, mon amour, par hasard ?

Sur ces mots, il se pencha pour embrasser sa petite amie, mais cette dernière se détourna.

— Asclé, ne te fâche pas ! Tiens, je te le donne, si tu le veux.

— Non, ce n'est pas ça. Je ne veux pas de tes bonbons, je m'interroge, c'est tout. Des filles ont levé la main ce matin, mais il les a ignorées.

— Voyons donc ! Tu prends ça trop au sérieux, il faut te relaxer.

Étienne se mit à la chatouiller, ce qui finit par la faire sourire.

— Ce n'est pas parce que je ris que je trouve ça drôle, O.K. ?

Étienne était ravi de son coup.

— Ce sera notre premier voyage scolaire, et je crois qu'il sera...

Asclé ne put finir sa phrase. Elle perdit connaissance et atterrit en Allemagne durant la Seconde Guerre mondiale.

La petite caravane des parents d'Asclé, après avoir roulé une bonne partie de la journée, venait de s'arrêter sur un terrain vague proche d'un boisé, en compagnie de la troupe de bohémiens dont ils faisaient partie. Quand Asclé sauta pour descendre de la voiture, ses bracelets tintèrent, et sa grande jupe ample et colorée se gonfla et virevolta pendant quelques secondes.

Elle alla caresser la jument qui reprenait son souffle. Puis, elle revint sur ses pas et tendit les bras vers son petit frère.

— Allez! Saute, coquin!

Tout joyeux, Alex s'élança vers elle. Elle le fit tournoyer en riant, avant de le déposer par terre. Leur chien Von gambadait autour d'eux. C'était un magnifique labrador blond. Avec lui, Alex courut faire le tour des autres caravanes, puis revint vers sa famille. Ses parents, anxieux et fatigués par le voyage, sourirent de le voir si heureux. La guerre faisait en effet de plus en plus de ravages. Jusqu'ici, ils avaient réussi à échapper aux soldats allemands, mais ils se savaient traqués. Pour penser à autre chose, le père alla s'occuper des bêtes, et la mère commença à cuisiner.

— Asclé, j'aimerais que tu ailles ramasser du bois, demanda-t-elle de sa douce voix.

— D'accord!

— Peux-tu emmener ton petit frère?

— Oui, oui! Asclé! Emmène-moi avec toi!

— D'accord. Allez, viens, coquin!

— N'allez pas trop loin, surtout! Restez autour du campement! recommanda leur mère.

Le jeune garçon sautilla de joie et courut vers sa sœur qui le prit dans ses bras.

— On doit ramasser des petites branches. Crois-tu être assez fort pour m'aider ?

Alex hocha la tête à l'affirmative.

— En es-tu sûr ? le taquina sa sœur en lui attrapant le bras et en pinçant ses muscles.

Il acquiesça à nouveau.

— Je suis le garçon le plus fort du monde entier. Pas vrai, Von ?

Le chien jappa puis se mit à courir, les devançant pour renifler aux alentours les terriers creusés aux pieds des arbres. Asclé sourit et se pencha pour ramasser des brindilles de bois lorsqu'un bruit de moteur se fit entendre au loin.

— C'est quoi, ce bruit, Asclé ?

La jeune fille tendit l'oreille. Un mauvais pressentiment l'envahit.

— Je ne sais pas, Alex.

Le bruit s'intensifia, et bientôt ils virent des voitures et des camions militaires se diriger vers le campement. Des soldats allemands descendirent rapidement de leurs véhicules. Les hommes, les femmes et les enfants coururent dans tous les sens. Des plaintes retentirent quand des coups de fusil furent tirés. Alex voulut crier, mais Asclé l'attrapa par la taille et le jeta subitement à terre dans les bosquets.

— Chut ! Alex, il ne faut pas qu'ils nous voient !

— Maman !

— Chut ! Calme-toi.

Son cœur battant la chamade, Asclé tenait son petit frère fermement dans ses bras.

— On va s'en sortir. Chut !

D'autres nazis[2] descendirent de leurs voitures et menacèrent ceux qui avaient tenté de se sauver. Asclé sentit une épine lui rentrer dans le genou.

— Ne bouge pas, Alex. Tu te rappelles, tu as dit que tu étais le plus fort, chuchota-t-elle. Il faut être très fort et ne pas dire un mot.

Les gardes allemands avaient fait descendre tous les occupants des caravanes et les avaient obligés à s'aligner le long des arbres de la forêt. Lorsque le labrador de la famille d'Asclé vit un soldat menacer son maître, il s'élança sur lui. L'homme pointa son arme en direction de l'animal et fit feu. Le bruit résonna jusqu'aux oreilles d'Alex, qui vit son chien tomber à la renverse. Il lâcha un cri.

---

[2] Membres du parti politique national-socialiste apparu en Allemagne en 1919 et que l'on associe à Hitler, homme politique allemand et dirigeant de l'Allemagne à partir de 1933. Il a été le responsable de millions de crimes envers les juifs et les tziganes d'Europe durant la Deuxième Guerre mondiale, deux catégories de personnes qu'il méprisait.

— *Von ! Non ! Non ! Méchant soldat !*

— *Alex ! Non ! s'écria Asclé en tentant de le retenir.*

Un des soldats les entendit et se précipita vers eux.

Étienne maintenait la tête d'Asclé tant bien que mal. Il avait eu très peur qu'elle tombe des estrades. Marianne, inquiète, versa un peu d'eau sur le visage de sa meilleure amie.

— Reviens, Asclé !

La jeune fille réussit à ouvrir les yeux. Le soleil l'éblouit. Elle cligna des paupières.

— Aïe !

Elle s'assit et retira une épine de son genou. Une goutte de sang perla.

— Tu peux dire que tu nous as fait peur, lança Marianne.

— C'est la première fois que tu t'évanouis aussi longtemps.

Étienne lui donna un baiser sur la tête.

— Les nazis ! Oh, quelle histoire !

— La cloche a sonné, on risque d'avoir un code de vie, rappela Étienne.

— Ce n'est pas un risque, c'est une réalité, les avertit monsieur Sizan, qui venait leur ordonner de retourner dans l'école.

Les trois compagnons sursautèrent, car ils ne l'avaient pas entendu arriver. Monsieur Sizan se tenait au bas de l'estrade, les poings sur les hanches.

— On est désolés, monsieur. Asclé a eu un malaise et on est restés pour l'aider, dit Étienne.

— Très bien pour vous, jeune homme, vous pouvez aller en classe. Les filles, vous m'accompagnez chez la directrice.

— Mais… s'écria Marianne.

— Il n'y a pas de mais qui tienne. Allez! Ou je vous fais suspendre.

Asclé, qui se remettait à peine de sa vision, se leva péniblement. Les jeunes dévalèrent les gradins, tandis que monsieur Sizan leur faisait face, l'air imposant. C'était un homme qui mesurait plus d'un mètre quatre-vingts et devait peser dans les cent kilos. Il avait les cheveux châtains et les yeux gris. Il portait une chemise bleu pâle et un pantalon beige. Il leva le bras pour indiquer à Étienne de prendre congé. Le jeune homme s'en alla donc, tournant le dos à une Marianne outrée et à une Asclé déçue.

Étienne se sentait mal de les laisser seules, mais avait-il vraiment le choix?

Il aurait peut-être dû insister davantage sur les malaises de son amie. Il s'excuserait auprès d'Asclé quand elle reviendrait en classe. Marianne, elle, lui en voudrait à mort, mais elle finirait bien par lui pardonner. Après tout, elles n'écoperaient certainement pas d'une grave punition, tout au plus d'une copie. Il les aiderait même à la faire.

Mais c'était mal connaître monsieur Sizan que de penser que les filles s'en sortiraient aussi simplement.

À VOS ORDRES!

La vie crée l'ordre, mais l'ordre ne crée pas la vie.
Antoine de Saint-Exupéry, pilote de guerre

Depuis plusieurs mois, il préparait son voyage en Allemagne. Enfin, ce rêve allait devenir réalité. Il rangea méticuleusement ses crayons par ordre de couleurs puis il referma le tiroir. Il voyait arriver le départ comme un jour de gloire. Il aurait enfin l'occasion de fouler le sol de ces êtres parfaits qui avaient tenté de convaincre l'humanité de la supériorité de la race aryenne, même si le monde à ce moment-là n'était pas encore prêt à prendre conscience de cette vérité. Il leva son dessin et admira la croix gammée qu'il venait de tracer. Il sourit de satisfaction. Il se leva et alla le coller à côté d'une cinquantaine de dessins identiques. Il savait depuis longtemps qu'une mission spéciale l'attendait, mais un jour, il avait eu une vision et avait tout compris. Il avait été choisi, lui, pour prendre la relève. Il caressa de sa main le nouveau dessin. Il serait à la hauteur de cette mission, et les gens du monde entier l'admireraient. Il fit son salut devant la photo d'Hitler qui trônait sur sa commode. Il resta au garde-à-vous pendant plusieurs minutes, s'imaginant recevoir des ordres d'Himmler[3] et se voyant choisi pour diriger un camp de concentration[4]. Il aurait aimé s'occuper du camp de travail de Buchenwald. Ce camp avait été construit dans les bois, un endroit fantastique où rêver et imaginer des histoires incroyables. Buchenwald voulait justement dire « la forêt de hêtres ». Pour certains, les camps de concentration avaient été une succession d'histoires d'horreur mais, pour lui comme pour d'autres, cela avait été une série d'histoires d'honneur. Après la guerre, les gens ne décernaient-ils pas des médailles d'honneur à plusieurs officiers ou soldats qui avaient au fond commis des horreurs dans d'autres pays ? Tout n'était-il pas une simple question de perception ? Il laissa retomber sa main et décida de se mettre au lit. Il y avait encore tant à faire avant le grand départ. La réussite d'un plan dépendait toujours du sérieux de sa préparation. Il ne devait rien

---

[3] Le militaire le plus puissant du régime d'Hitler, chef de toutes les polices allemandes.

[4] On envoyait les juifs et les tziganes, ou toute personne qui se révoltait, dans des camps de concentration. Ils y faisaient souvent du travail forcé et mouraient asphyxiés dans des chambres à gaz.

laisser au hasard. Il se méfiait de tout le monde, et plus spécialement des filles. Il alla à la salle de bain pour se brosser les dents. Il se regarda dans le miroir et passa sa main sur sa joue droite. Les filles lui avaient toujours causé du tort. En pensant à une fille en particulier, il pressa trop fortement le tube de dentifrice. Il serra la mâchoire et ramassa les dégâts. Il détestait la saleté. Tout devait être en ordre et propre. Il rinça le lavabo, prit une serviette pour l'essuyer et frotta la robinetterie, avant de se regarder une dernière fois dans le miroir. Il bomba le torse et refit le salut d'Hitler en se tenant bien droit. La lueur de détermination qu'il vit au fond de ses yeux le combla de satisfaction. Même si Hitler était mort, il savait qu'il ne le décevrait pas. Il dit à voix haute :

— *Heil Hitler*[5] ! À vos ordres !

---

[5] « Heil Hitler » était le salut militaire qu'il fallait faire en sa présence.

L'HUMILIATION

Il y a des choses qui se racontent mal,
et l'humiliation en est une.
Francine Noël, *Maryse*

Le professeur Sizan avait accompagné les deux filles jusqu'au bureau de la directrice, qui était absente pour la journée. Il avait mentionné à la secrétaire leur retard pour qu'elle le note dans leurs dossiers scolaires, puis il leur avait ordonné de le suivre. Lorsqu'ils furent arrivés dans son bureau, il referma la porte derrière elles.

— Comme j'ai pu l'observer, vous aimez mieux traîner dehors que d'aller en classe ! déclara-t-il sèchement.

— Non... voulut se défendre Asclé, mais le professeur lui coupa la parole.

— De toute façon, je ne compte pas en discuter avec vous, mesdemoiselles. J'ai déjà choisi votre punition, et protester vous ferait avoir de plus gros ennuis, alors je vous conseille de ne rien me répondre.

— Mais... tenta Marianne.

— Bon, si c'est comme ça et que vous vous entêtez à me tenir tête, vous aurez ce que vous méritez.

— Qu'avons-nous fait de plus qu'Étienne ? ne put s'empêcher de demander Asclé.

— Ça suffit ! Je note votre impolitesse et le non-respect des règles, mademoiselle Asclé. Continuez comme ça et vous aurez de plus en plus de difficultés à finir votre année.

La jeune fille lança un regard à Marianne. Elles décidèrent de ne pas répliquer.

Le professeur Sizan ouvrit son tiroir et en sortit deux affreux chandails violet et jaune. Il en donna un à Marianne et l'autre à Asclé.

— Vous porterez ces chandails jusqu'à la fin de la journée.

Asclé souleva le vêtement et lut l'inscription suivante : « Par mon manque de discipline, je cause du tort à mon école ». Asclé regarda Marianne, qui était sur le point de perdre connaissance. Elle savait que celle-ci préférerait mourir plutôt que de porter cette horreur.

— Avant que vous n'objectiez quoi que ce soit, sachez que tout commentaire supplémentaire vous fera perdre vos places pour le voyage en Allemagne. J'imagine que vous ne voulez pas gaspiller l'argent que vous avez mis de côté pour ce voyage, n'est-ce pas?

Asclé tenta de discerner quelle émotion habitait Sizan. Elle ne parvenait pas à saisir ce personnage. Était-il sérieux? Il les menaçait ouvertement, et elles pourraient sûrement aller s'en plaindre.

— Ah! Et j'oubliais! ajouta tout naturellement le professeur. Si l'idée d'aller vous plaindre vous venait, je nierais tout ce que j'ai dit devant la direction. Ce serait votre parole contre la mienne. Et qui sait si, malheureusement, on ne perdrait pas vos billets au moment du départ...

Furieuse mais impuissante, Asclé ne prit pas de nouveau risque et mit le chandail sans rien dire. Marianne eut bien plus de difficultés à enfiler le sien, mais le regard de son amie lui fit comprendre qu'elles en discuteraient plus tard. Aussi l'endossa-t-elle avec dédain.

— Maintenant, je vous prie, mesdemoiselles, de vous diriger vers votre cours. N'oubliez pas que je vous ai à l'œil! Vous pourrez me remettre les chandails à la fin de la journée. Je vous attendrai ici.

Marianne se retint de ne pas claquer la porte en partant. Asclé bouillait intérieurement.

— Je... je vais... grrrrrrrrrrrrr! marmonna Asclé.

— Quel monstre! lança Marianne. Pour qui se prend-il?

Elles passèrent à leur casier pour prendre leurs cartables. Des jeunes qui passaient par là rigolèrent en les voyant et se moquèrent d'elles ouvertement. Marianne leur lança une pomme et voulut enlever son chandail.

— Non, Marianne! Il est assez fou pour nous retirer du voyage, et on doit aller en Allemagne, je le sens. Calme-toi! Allons plutôt en classe.

Quand les filles ouvrirent la porte de la classe, tous les élèves se tournèrent vers elles. La plupart se mirent à rire en voyant les abominables chandails qu'elles portaient. Le professeur exigea le silence.

— Ça suffit!

La classe s'esclaffa de plus belle en apercevant l'inscription dans leurs dos.

Le professeur dut menacer de sortir les trouble-fêtes pour que les rires s'apaisent.

Asclé et Marianne n'avaient jamais été aussi humiliées de toute leur vie. Étienne, assis au fond de la classe, fut surpris de les voir arriver ainsi. Sur le moment, il eut envie de rire comme tout le monde, mais il avait croisé les regards d'Asclé et de Marianne et ce qu'il y avait vu lui avait bousillé le cœur. Les filles avaient détourné les yeux, blessées, et il avait senti monter en lui un immense chagrin. Il aurait aimé se lever et prendre Asclé dans ses bras, lui enlever cet affreux accoutrement et lui dire qu'il l'aimait. Il n'avait pas su la protéger. Il regrettait de les avoir laissées, sentait qu'il aurait dû assumer les conséquences avec elles. Au lieu de cela, il avait écouté le professeur Sizan et avait filé en classe comme un lâche. Il baissa les yeux sur son pupitre et fut incapable de suivre le cours. Quand la cloche sonna, il resta assis quelques instants, la tête basse et le cœur honteux. Asclé et Marianne, elles, s'étaient enfuies en courant jusqu'au bureau du professeur Sizan, qui n'était pas là. Elles avaient retiré les chandails et attendu en silence, toujours furieuses. Une dizaine de minutes plus tard, les autobus scolaires démarrèrent, et c'est à ce moment que le professeur Sizan apparut.

— Bon ! J'espère que vous avez compris, dit-il.

Les filles serrèrent les dents et ne dirent rien. Il regarda par la fenêtre et, voyant que les autobus s'en allaient, il sourit.

— Vous venez de manquer vos autobus. Décidément, vous n'êtes jamais à votre affaire ! Oh, j'oubliais. J'exige que vous fassiez une recherche de dix pages sur les camps nazis.

— Quoi ? s'exclama Marianne.

Sizan ouvrit la porte de son bureau et s'engouffra à l'intérieur sans répondre. Les filles, découragées, se dépêchèrent de sortir de l'école avec leurs sacs à dos. Étienne, honteux, les attendait à l'extérieur.

— Asclé ! Asclé ! Attends !

Asclé et Marianne ne se retournèrent pas. Elles étaient très en colère contre lui. Il les regarda partir sans chercher à les rattraper. « Il vaut mieux attendre à demain », pensa-t-il.

De la fenêtre de l'école, quelqu'un observait la scène en silence. Il hocha la tête. La véritable histoire commençait.

4

L'ATTAQUE

Regarde où l'ennemi t'attaque,
c'est souvent son propre point faible.
Bernard Werber, *Les fourmis*

Asclé et Marianne écumaient de rage. Elles marchaient d'un pas rapide lorsque Marianne éclata :

— Quel monstre ! Je le déteste ! Je ne pourrai jamais terminer l'année scolaire et encore moins aller en voyage avec un professeur pareil. Il est… ARGGGGGGGGGGGGhh !!!

— Quelle injustice ! Comment a-t-il pu nous punir ainsi et laisser Étienne s'en aller ? C'est incroyable ! C'est…

— C'est pourri, tu veux dire ! Je me plaindrai, rouspéta Marianne. Et je te préviens, je ne parle plus à ton amoureux avant au moins deux ans !

— Et moi, je te dis que c'est fini ! J'aime autant être seule que d'être avec quelqu'un d'aussi peureux !

— Quoi ?

Marianne s'arrêta.

— Es-tu sérieuse ?

— Oh que oui !

— Moi, je…

— Non, regardons, la réalité en face. On est ensemble ou on ne l'est pas et, de toute évidence, il est prêt à m'abandonner à mon sort à la moindre difficulté. Si je ne compte pas pour lui, j'aime mieux le savoir maintenant.

— Après tout, tu as raison ! Il mérite une leçon !

— Pour moi, ce n'est pas un jeu. Il devra vraiment faire des efforts incroyables s'il veut me convaincre de reprendre, parce que ma décision est prise. Je ne sors plus avec Étienne Hénault !

La tête d'Asclé commença à tourner au même instant. Elle s'évanouit.

Asclé avait attrapé son frère et s'était mise à courir. Elle savait que c'était leur seule chance de s'en sortir. Les Allemands faisaient disparaître les gens et on ne les revoyait plus. Mieux valait donc tenter de fuir. La forêt défilait de chaque côté. Les branches lui fouettaient le visage. Elle courut droit devant sans savoir où elle allait. Les soldats se rapprochaient de plus en plus. Soudain, des coups de feu retentirent. Elle ne fut pas touchée, mais son frère n'eut pas autant de chance.

Une balle lui traversa la jambe. Son cri de douleur la fit sursauter. Les soldats, l'ayant également entendu, pensèrent avoir atteint leurs cibles et rebroussèrent chemin. Asclé s'était arrêtée, à bout de forces. Elle déposa son frère sur un tas de feuilles. Le pantalon du garçon était couvert de sang. Elle mit sa main sur la blessure.

— Alex ! Alex ! Tu ne dois pas dormir. Je vais t'emmener là où on pourra te soigner.

Elle déchira une partie de sa jupe et en fit un pansement dont elle entoura la jambe de son frère.

— Il faut que tu sois fort. Promets-le-moi !

Elle le secoua un peu, et Alex ouvrit les yeux. Une brume obscurcissait son regard. Une larme coula le long de la joue d'Asclé. Elle prit son frère dans ses bras et chercha à sortir du bois. Une odeur de fumée envahit ses narines. Il devait y avoir une maison tout près. Après avoir marché pendant quelques centaines de mètres, elle aperçut une ferme au milieu des champs. Exténuée, elle s'évanouit avant d'avoir pu cogner à la porte.

Marianne veillait sur Asclé, adossée à un arrêt d'autobus. Enfin, celle-ci ouvrit les yeux et vit le regard inquiet de Marianne.

— Ça va aller, ne t'en fais pas.

— Oui, répondit Marianne, bien sûr ! Je t'aide à te lever.

Asclé respira profondément et se laissa aider. Son jean était couvert de sang.

Pendant ce temps, Étienne s'était enfermé dans sa chambre. Quand son grand-père lui avait adressé la parole, il avait feint de ne pas entendre. Il était étendu sur le dos et fixait le plafond, lorsqu'une apparition le fit sursauter.

— ¡ Hola !

— Vous m'avez fait peur ! Que faites-vous ici ? Vous ne pouvez pas téléphoner comme tout le monde ?

Il se tourna sur le côté et se cacha le visage avec son oreiller.

— Jé vois qué ça né va pas bien du tout !

Étienne lança son oreiller contre le mur.

— Vous êtes une voyante extraordinaire !

— Qué sé passé-t-il donc ?

— Vous devez le savoir, hein ! Vous savez toujours tout !

— Jé sens ouné grandé colère en toi !

Le jeune homme se leva et fixa Doña Paz.

— Encore une fois, vous avez raison ! Mais cette fois, je ne pense pas que vous pouvez m'aider. J'ai fait une gaffe monumentale.

— Céla peut arriver à tout lé mondé!

— Oui, mais ça m'est arrivé à moi, comprenez-vous? Pas à tout le monde! Je me suis conduit comme un imbécile!

— Et qu'est-cé qui différencie cetté fois-ci des autrés?

Étienne lui jeta un regard meurtrier.

— Bravo! Vous pensez que je me conduis toujours en imbécile?

— Jé n'ai pas dit toujours!

— Je... Oh! Et puis laissez tomber!

— Bien, si c'est commé ça, jé m'en vais...

— C'est ça! Allez-vous-en!

— Si jamais...

— Non!

Étienne ramassa son oreiller et le lança en direction de Doña Paz. Il s'en voulut immédiatement.

— Je m'excuse, je ne sais plus ce que je fais, dit-il.

— Jé pars. N'empêché qué la colère dévrait être sublimée par oune émotion plus agréablé. La colère né méne à rien, *hombre!* répondit la vieille Mexicaine, qui connaissait bien le caractère du jeune homme.

L'apparition s'estompa lentement. Étienne se jeta à plat ventre sur son lit.

Jamais il ne s'était senti comme ça. Il se sentait laid et mauvais d'avoir agi de la sorte. Sa journée entière n'avait été qu'une pure catastrophe. On cogna à sa porte.

— Étienne !

— Je ne suis pas là !

— C'est Asclé au téléphone ! Veux-tu que je lui dise de te rappeler ?

— Non !

Il ouvrit la porte, attrapa le cellulaire et referma la porte sur son grand-père. Il s'assit au bord de son lit, prit une grande respiration et dit :

— Salut, Asclé, je veux m'excuser. Je ne veux pas que tu croies que je…

— Étienne, c'est justement à ce sujet que je t'appelle. C'est fini… Je ne sors plus avec toi !

— Mais, Asclé ! Non, je vais me reprendre. J'ai…

— Je n'ai plus envie d'être avec toi, voilà.

— Je te comprends, j'ai agi comme un imbécile, mais Asclé, je t'aime.

— Je ne l'ai pas senti aujourd'hui.

— Oui, je sais et je viens de m'excuser.

— Je vais raccrocher. En plus de l'humiliation que j'ai vécue aujourd'hui, je dois faire une recherche de dix pages sur les camps nazis.

— Je peux t'aider. Non, je... je vais la faire à ta place.

— Non, je vais me débrouiller, rassure-toi ! Et n'essaie pas de m'approcher à l'école, ça pourrait t'enlever des points auprès du très bon professeur monsieur Sizan !

Asclé raccrocha sans lui laisser le temps de répondre, puis éclata en sanglots en se recroquevillant sur elle-même. Étienne lança de son côté le téléphone contre le mur en poussant un cri terrible. Une douleur lui irradia le ventre. Il était à bout de souffle. Un nœud s'était formé dans sa gorge, et des larmes lui piquaient les yeux. Il avait envie de tout démolir. Il donna de violents coups de poing dans ses oreillers. Il frappa sur le lit jusqu'à ne plus sentir ses bras. Épuisé, il sortit finalement de la chambre pour aller courir dans les rues de Montréal. Il galopa ainsi durant une heure sans s'arrêter. La douleur était toujours présente lorsqu'il rentra chez lui, exténué. Son grand-père l'attendait assis dans la cuisine. Il avait mis la table et préparé une assiette de pâté chinois. Étienne passa devant sans la regarder ni même prononcer un mot. Son grand-père eut la délicatesse de ne pas parler et de laisser Étienne s'enfermer dans sa chambre. Il avait très bien compris ce qui s'était passé et savait par expérience que la guérison d'une peine d'amour prenait du temps.

Incapable de dormir, Étienne s'assit à sa table de travail pour écrire une lettre à Asclé. En ouvrant le tiroir de son bureau, il découvrit une enveloppe. C'était bien sûr un coup de Doña Paz! Il eut d'abord envie de la déchirer sans même l'ouvrir, mais il savait que cela serait une erreur. Il la décacheta donc et lisait avec étonnement une partie de son contenu, quand son grand-père frappa à sa porte.

— Étienne!

— Mmm...

Le jeune homme remit les deux feuilles dans son tiroir.

— Je suis fatigué, grand-père, je vais dormir.

— Bon, c'est comme tu veux. Bonne nuit! Si tu as besoin de parler, n'hésite pas.

— Merci, ça va aller...

Il entendit son grand-père se retirer dans sa chambre. Il s'étendit sur son lit et s'endormit.

LE SECRET

L'amour, c'est l'absolu, c'est l'infini ;
la vie, c'est le relatif et le limité.
De là tous les secrets et profonds déchirements
de l'homme quand l'amour s'introduit dans la vie.
Elle n'est pas assez grande pour le contenir.
Victor Hugo, *Moi, l'amour, la femme*

Québec, 1941.

Dans la cuisine du modeste appartement des parents de sa douce, Henri tentait d'attirer l'attention d'Élisabeth, qui essuyait la vaisselle. Les deux mains sur le dossier d'une chaise, il s'éclaircit la gorge.

— Je pars demain pour la guerre, Élisabeth, alors j'aurais aimé passer la soirée avec toi.

Élisabeth restait silencieuse. Elle ne pouvait se résigner à perdre celui qu'elle aimait le plus au monde. Sa mère, qui lavait la vaisselle, décida d'arrêter et d'aller rejoindre son mari dans le salon. Henri s'avança et mit une main sur l'épaule de sa bien-aimée.

— Dis quelque chose, n'importe quoi. Lili, arrête de me bouder. Je vais partir le cœur en miettes si tu continues à m'ignorer.

La jeune fille lança son linge dans l'évier et se mit à parler très fort en tremblant de colère, mais surtout de tristesse.

— Et moi, Henri, tu ne penses pas que, moi aussi, je vais avoir le cœur en miettes ? Qu'est-ce que je vais faire, moi, quand tu seras plus là ? Je vais attendre sans même savoir si t'es mort. C'est comme si j'allais mourir à petit feu.

Henri restait silencieux. Il n'avait jamais su quoi dire devant une jeune fille en larmes. Élisabeth attrapa le bas de son tablier pour cacher ses sanglots. Henri la prit dans ses bras. Quand elle parut plus calme, il lui proposa d'aller faire un tour ensemble.

— J'ai des yeux de grenouille, marmonna-t-elle.

Il lui sourit en passant la main dans ses cheveux.

— C'est beau, une grenouille.

Cette réplique la fit sourire. Elle le frappa sur l'épaule.

— Arrête de niaiser !

— Bon, on y va-tu ?

Élisabeth acquiesça. Elle enleva son tablier, le plia et le déposa sur la table, puis elle passa la tête par la porte du salon entrebâillée.

— Pa ! Man ! Je m'en vais marcher avec Henri.

Son père lui fit signe de se taire. Assis devant le petit écran de sa télévision en noir et blanc, il regardait un reportage de Sydney Newman sur la guerre des airs pendant que sa mère tricotait un foulard.

« Le Corps d'aviation royal canadien possède son propre groupe de bombardiers et de chasseurs. Il compte trente-deux escadrilles outre-mer qui sont toutes munies de l'équipement nécessaire pour s'adapter aux innovations technologiques de la guerre. Ainsi organisée, la Royal Canadian Air Force (RCAF) est devenue l'une des plus grandes armées aériennes de l'heure. Bien entraînés, ses hommes peuvent s'adapter à toutes les stratégies modernes : bombardements de trains, envolées dans la stratosphère, ou encore coopération étroite avec les forces terrestres. Mais la vie d'un militaire n'est pas faite que d'entraînement et de combat. Les Londoniens ont pu s'en rendre compte quand la magnifique fanfare de la RCAF a souhaité la bienvenue à la division féminine des forces aériennes. »

Henri attrapa Élisabeth par la manche.

— Viens-tu ?

La jeune fille se retourna.

— Y'a des filles qui sont là-bas. J'pourrais m'enrôler, non ?

— Qu'est-ce que tu dis là ? Voyons, c'est niaiseux !

— Quoi ? Toi, tu peux partir, mais moi faut que j'reste ! Me semble que le temps passerait plus vite si j'y allais, moi aussi.

— O.K. ! Viens dehors, on parlera après.

Élisabeth enfila son manteau et sortit dans les rues au bras de son amoureux. La lune brillait dans le ciel dégagé.

— Quand je regarde le ciel comme ça, aussi beau, j'peux pas croire qu'y'a plein de gens qui sont en train de faire la guerre.

— Lili, quoi qu'il m'arrive là-bas...

— Dis pas ça !

— Il faut s'en parler. Quoi qu'il m'arrive là-bas, que je disais, j'veux que tu saches que je n'ai jamais aimé personne autant que toi, Lili.

Henri se tourna et la serra dans ses bras. Élisabeth passa la main sur son ventre. Elle portait un enfant. Elle le savait maintenant depuis une semaine, mais elle n'avait rien dit, car elle avait peur de la réaction de ses parents.

Cela ne se faisait pas, tomber enceinte sans être mariée. Comment allait-elle s'en sortir? Et maintenant, son Henri partait pour la guerre. Allait-elle trouver le courage de le lui dire ou allait-elle garder le secret?

LE MESSAGE D'ÉTIENNE

*Qui jamais ne connut ce que c'est que l'amour
n'a jamais pu savoir ce que c'est que la peine.*
Thomas D'Angleterre, *Tristan et Iseult*

Asclé et Marianne commençaient la journée par un cours d'histoire. Elles avaient sérieusement pensé à ne pas y aller mais, après en avoir parlé ensemble, elles décidèrent d'affronter le professeur Sizan. Quand elles entrèrent dans la classe, Étienne était déjà assis au fond. Asclé évita son regard, tandis que Marianne lui décocha un coup d'œil à lui figer le sang. En s'assoyant, Asclé remarqua un message sur son bureau. Elle prit le papier et l'ouvrit mais, quand elle vit qu'il était signé par Étienne, elle le mit dans son sac sans même prendre le temps de le lire. Le professeur Sizan, qui avait surveillé son geste du coin de l'œil, s'approcha d'elle.

— On écrit des messages secrets ?

Asclé le regarda, perplexe.

— Non.

— Alors, je ne vous ai pas vue glisser un papier dans votre sac, c'est ça ?

— Oui, mais… Ce n'est pas un message secret.

— Dans ce cas, pouvez-vous me le montrer ?

La jeune fille commençait à rougir de colère. Elle respira profondément.

— Ce n'est pas secret, mais c'est personnel.

— Vous êtes dans ma classe, mademoiselle Asclé, et je vous demande de me remettre votre papier.

— Mais je ne vois pas pourquoi.

— Vous m'obéissez ou je vous donne une punition.

Asclé plongea la main dans son sac, à contrecœur. La cloche avait sonné et maintenant, tous les étudiants étaient assis et observaient la scène. La jeune fille attrapa le papier et lança un regard agacé à Étienne, qui était sur le point d'intervenir.

— Professeur Sizan, c'est moi, c'est de ma faute. Je lui ai laissé le …

— Étienne ! Je sais très bien qu'Asclé est votre amie et que vous aimeriez être blâmé à sa place. C'est courageux de votre part, mais je crois que c'est à moi de décider ce qui se passera.

Étienne resta sans voix. Le professeur Sizan lut le message, sourit et déposa le papier au coin de son bureau. Bouillant de rage devant tant d'injustice, Asclé était à deux doigts de se lever et de crier son indignation. Marianne la calma en lui serrant le bras.

— Bon, sortez votre manuel d'histoire et ouvrez-le à la page cinquante-six. Aujourd'hui, nous ne parlerons pas d'Hitler, mais d'Himmler. Je dirais que c'est probablement le deuxième personnage le plus important du Troisième Reich. Heinrich Luitpold Himmler, né en 1900 à Munich, fut le chef de toutes les polices allemandes. Tous les camps de concentration nazis furent sous son autorité et, avec Hitler, il mit en œuvre ce qu'on appela la solution finale. Qui peut me dire ce qu'était la solution finale ?

Asclé baissa la tête : même si elle connaissait la réponse, elle n'avait aucune envie de collaborer à ce cours donné par cet être complètement tordu. L'enseignant s'approcha néanmoins de son bureau et frappa sur la tablette.

— Mademoiselle Asclé, j'ai entendu dire que vous avez beaucoup voyagé. J'ai aussi entendu dire que vous avez des connaissances exceptionnelles… Pourriez-vous nous éclairer ?

Certains élèves se mirent à rire.

— Silence ! Alors, mademoiselle, pouvez-vous nous expliquer la solution finale ?

Voyant Asclé soupirer, le professeur Sizan s'empara du message d'Étienne.

— Ou peut-être préférez-vous que je lise une partie de votre propre histoire ?

La jeune fille n'en revenait pas. Comment pouvait-on être si méchant ? Elle lança un regard outré au professeur, ce qui le fit sourire.

— Je sens que vous préférez nous renseigner sur les nazis.

Asclé ouvrit la bouche.

— Les Allemands nazis avaient élaboré une politique d'extermination de tous les juifs, de pratiquement tous les handicapés mentaux, des gens de couleur, des homosexuels, des gitans et des populations polonaise et soviétique.

— Exact. La solution finale consistait à éliminer tous les juifs et tous ceux qui nuisaient à la race aryenne, qu'on disait au-dessus de toutes les autres ! Mais comment les nazis ont-ils pu convaincre tant de gens que tous ces êtres ne méritaient pas de vivre ? Certains historiens disent que le nombre de victimes mortes dans les camps de concentration, juifs et non-juifs, dépasse les six millions, dont un million d'enfants ! Un million d'enfants ! Imaginez-vous ce que cela représente, puisque nous sommes trente dans la classe. Si on rassemble tous les élèves de l'école dans la cour, on réunit huit cents personnes. Pensez-y ! Six millions !

L'enseignant se rendit jusqu'au bureau de Marianne et s'y appuya avec ses deux mains.

— Mademoiselle Marianne, pouvez-vous nous dire de qui est la citation suivante ? « De la haine, de la haine brûlante, c'est ce que nous voulons déverser dans les âmes de nos millions de compatriotes allemands jusqu'à ce que s'embrase en Allemagne la flamme de colère qui nous vengera des corrupteurs de notre nation » ?

— Je ne le sais pas.

— Est-ce que cela me surprend ?

Il la dénigra du regard.

— Il n'y a pas que les cosmétiques, les revues et la beauté, mademoiselle Marianne. Vous devriez aussi cultiver votre intelligence. Monsieur Étienne, pouvez-vous nous lire la réponse au bas de la page cinquante-six ?

— Adolph Hitler.

Visiblement mal à l'aise, le jeune homme avait murmuré la réponse.

— Mais oui, bravo ! Hitler ! Mademoiselle Marianne, est-ce que ce nom vous dit quelque chose ou vous est-il complètement inconnu ?

Quelques élèves se mirent à rire et à chuchoter. Plusieurs filles, jalouses de la beauté de Marianne, en profitèrent pour se moquer d'elle.

— Mais revenons à vous, mademoiselle Asclé !

Le professeur Sizan tenait toujours dans ses mains le message d'Étienne.

— Qu'a fait Himmler le 27 juillet 1937 ?

Asclé jeta discrètement un œil sur les pages cinquante-six et cinquante-sept.

— J'attends toujours la réponse...

C'était un piège. Comment pouvait-elle savoir ce qu'Himmler avait fait ce jour-là ?

— Je ne le sais pas, monsieur.

— Vous ne le savez pas ! Je vous ai pourtant demandé de faire une recherche sur les camps de concentration. Vous ne m'avez donc pas pris au sérieux ?

— Mais si, j'ai commencé mon travail, mais je n'ai encore rien lu à ce sujet.

— Cela ne me convainc pas, j'en suis désolé. Plutôt qu'étudier, vous préférez sans doute que je lise ce petit bout de papier…

Asclé se leva d'un bond.

— Vous n'en avez pas le droit !

Elle tenta d'enlever le message des mains du professeur, mais il était beaucoup plus grand qu'elle.

— Vous feriez mieux de vous rasseoir immédiatement, jeune fille !

Elle se laissa tomber sur sa chaise, impuissante.

— Je disais donc…

Quelques élèves chuchotèrent, tandis qu'Étienne se rongeait les ongles. Il ne pouvait pas croire que cet homme allait lire devant la classe le mot qu'il avait envoyé à son amie. Il prit sa tête entre ses deux mains et se boucha les oreilles. Le professeur s'éclaircit la gorge avant d'imaginer les phrases qu'il allait prononcer à voix haute.

— Je suis désolé de t'apprendre qu'au fond, je ne t'ai jamais aimée. C'est difficile à dire, mais c'était un peu de la pitié, à bien y penser…

Asclé ne resta pas pour entendre la fin du message inventé de toutes pièces par le professeur. Elle se leva, prit son sac et sortit. Marianne, solidaire, rejoignit son amie. Étienne se déboucha les oreilles en voyant que ses deux amies sortaient de la classe. Il se leva, mais fut intercepté par monsieur Sizan.

— Je vous prie de rester assis. Vous ne voudriez pas rester ici pendant le voyage en Allemagne, n'est-ce pas?

Ne sachant pas si son professeur était sérieux, Étienne retourna s'asseoir, le cœur chaviré. De son côté, Asclé avait à peine franchi la porte de la classe, qu'elle bascula dans son ancienne vie.

Quand elle ouvrit les yeux, elle était couchée dans un lit bien chaud. Se rappelant brusquement ce qui s'était passé, elle se releva pour appeler son petit frère. Une voix féminine qu'elle ne connaissait pas lui répondit.

— Ne vous en faites pas! Le docteur va arriver et il pourra soigner votre frère.

— Où est-il?

— Il est dans le salon. Je lui ai fait un lit.

— Merci! J'étais si inquiète.

— Reposez-vous! Vous me paraissez encore très fatiguée.

Asclé regarda autour d'elle. La femme qui lui parlait se berçait dans une chaise tout en buvant un café. Voyant que la jeune fille était bien réveillée, elle se leva, prit un pichet d'eau et vint lui remplir un verre.

— Tenez, buvez un peu, dit-elle.

Asclé se redressa et vida le verre.

— Merci !

— Ce n'est rien.

— Les Allemands ont attaqué nos caravanes. Je ne sais plus où sont nos parents.

— Ils emmènent les bohémiens dans les mêmes camps que les juifs.

— Des camps ? Mais pourquoi les emmener dans des camps ?

— Ils ont besoin de main-d'œuvre, et celle-là est gratuite.

— Alors, il y a des chances pour que je les retrouve.

— Oh oui, je dirais de bonnes chances.

— Savez-vous dans quel camp ils les ont emmenés ?

La femme se leva et regarda par la fenêtre.

— Moi non, mais eux doivent certainement le savoir.

Elle montra du doigt un groupe de soldats nazis qui se dirigeaient vers la ferme en compagnie de son époux. Celui-ci était allé les avertir que des bohémiens se cachaient chez eux.

Après tout, ils pourraient peut-être en retirer quelques pièces d'argent. Asclé se leva d'un bond et vit les SS[6] se diriger dans leur direction. Quand elle voulut se retourner pour aller chercher son petit frère, sa tête se mit à tourner.

— Vous feriez mieux de vous recoucher. J'ai mis des somnifères dans votre eau. Vous risqueriez de tomber.

En effet, Asclé sentit ses genoux fléchir et elle s'effondra par terre.

---

[6] « SS » est l'abréviation du mot Schutzstaffel, qui signifie « unité de protection ». Cette unité de soldats fut fondée pour assurer la protection du régime d'Hitler.

LE FAC-SIMILÉ

*Longtemps, on rampe sur cette terre
comme une chenille, dans l'attente du papillon
splendide et diaphane que l'on porte en soi.
Et puis le temps passe, la nymphose ne vient pas,
on reste larve, constat affligeant, qu'en faire ?*
Jonathan Littell, *Les Bienveillantes*

À la fin des cours, même s'il s'était senti vidé de toute énergie, il s'était arrêté à la librairie et avait encore acheté des livres sur la Seconde Guerre mondiale. Mais cette fois-ci, il avait trouvé un véritable trésor : deux ouvrages contenant des dizaines de documents rares reproduits en fac-similés. Ils lui avaient coûté une petite fortune, mais cela en valait la peine. Il marchait d'un pas rapide, impatient de se plonger dans ses dernières découvertes. En entrant chez lui, il enleva sa veste, l'accrocha soigneusement au crochet de l'entrée, puis alluma la lumière. Il enleva ensuite ses chaussures et se rendit à la cuisine, où il se servit un grand verre d'eau. Il tenait encore dans ses mains les livres qu'il venait d'acheter : il devait les ouvrir sur sa table de travail, sinon cela pouvait lui porter malheur.

Il fila donc vers son bureau, prit une grande inspiration et, en tremblant de joie, y déposa l'un après l'autre ses nouveaux livres. C'était ni plus ni moins qu'un geste de consécration. Il les regarda, longuement, avant de se décider à enlever le plastique qui les recouvrait. Puis, il sortit le premier livre de son boîtier et le caressa. Il le prit délicatement dans ses mains avant d'en humer le parfum délicat. Rien ne sentait meilleur que l'encre sur le papier, quand il tournait doucement les pages. Des frissons le parcoururent quand il tomba sur les documents d'époque. Même si ce n'étaient que des fac-similés, ils lui firent l'effet de véritables documents d'une importance rarissime. Sa main s'arrêta à la page de la proclamation délivrée et signée par Adolf Hiltler le 26 novembre 1942, à l'intention de ses troupes de la VIᵉ armée... Il lut:

«Der Feind ist im Rücken der deutschen Truppen...»

Même s'il ne comprenait pas l'allemand, ces mots sonnèrent comme une mélodie à son oreille. Il tenait dans ses mains une lettre écrite par Hitler, rien ne pouvait être plus sublime. Hitler lui avait passé le pouvoir.

Il était grandiose ! Il était à son tour le maître. Il colla la lettre contre son cœur. Il ne pouvait se résigner à la remettre dans son enveloppe. Cette nuit, il allait dormir avec ce papier si précieux. Il se dirigea ensuite vers la cuisine et se mira dans le reflet du four, tout en se réchauffant de la soupe. Il était le plus grand et le plus beau. Le monde serait bientôt à ses pieds et reconnaîtrait enfin tout son talent. Il imagina ce qu'il ressentirait à Buchenwald lorsqu'il ressusciterait en quelque sorte le camp de concentration : une totale domination. L'image de tous ces gens à ses pieds le rendait heureux d'avance.

8

LES ENNUIS S'ACCUMULENT

Dans la vie, on fait ce qu'on peut.
Le malheur, c'est qu'on peut faire beaucoup de bêtises.
Alfred Capus, *Les pensées*

Courbée sous le poids d'Asclé, Marianne accepta volontiers l'aide d'un étudiant de sa classe, qu'elle connaissait simplement de vue. Il était grand et costaud, et il s'appelait Rémi, c'est tout ce qu'elle savait de lui. Ce dernier avait suggéré de porter Asclé jusqu'à l'infirmerie, mais Marianne lui avait demandé qu'il la dépose plutôt sur un des bancs de la place publique.

— Ça va aller, merci ! Sans toi, je serais restée coincée dans le corridor.

— Je suis content d'avoir pu t'aider.

Alors que Rémi allait quitter les lieux, Marianne le rattrapa en le touchant à l'épaule.

— Merci encore ! dit-elle.

— Ça va ! Ce n'était rien.

— O.K. !

« Bizarre, ce gars ! » pensa la jeune fille en retournant auprès d'Asclé.

Elle s'assit près d'elle et attendit son réveil.

— C'est pas trop tôt ! s'exclama-t-elle lorsque son amie ouvrit les yeux.

— Je...

— Calme-toi ! On est sorties de la classe. « Mais on n'est sûrement pas sorties du pétrin », se dit-elle.

Asclé parvint à s'asseoir. La tête lui tournait encore. Était-ce l'effet des médicaments dans son autre vie ? Tout semblait basculer autour d'elle. Elle faillit vomir. Quand elle leva les yeux, elle aperçut Étienne, mais détourna aussitôt le regard. Il baissa la tête, honteux, et passa près d'elles en silence.

— Triple idiot ! lança Marianne.

Asclé referma les yeux. C'était la pire année scolaire de toute sa vie. Monsieur Sizan était le pire professeur qu'elle avait jamais côtoyé, et elle s'apprêtait à aller en Allemagne avec cet homme qui, de toute évidence, la détestait.

— Asclé ! Est-ce que ça va aller ?

— Oui, je vais m'en remettre.

Juste au moment où les filles atteignaient leurs casiers, le professeur Sizan les rejoignit. Il s'arrêta et mit ses poings sur ses hanches.

— Mesdemoiselles, je crois qu'on doit avoir une petite discussion. Je vous attends immédiatement dans mon bureau.

— Mais nous allons arriver en retard pour le cours de français.

— Ce n'est pas mon problème. Vous êtes sorties toutes les deux du cours sans mon autorisation, je pourrais m'arranger pour vous faire suspendre pour cet écart de conduite.

Asclé n'en pouvait plus.

— Parlons-en, d'écart de conduite ! Vous n'aviez aucun droit de lire le message personnel qu'Étienne m'avait envoyé, c'est ma vie privée.

— Oh, tout de suite les grands mots ! Je n'ai rien contre votre vie privée, pourvu qu'elle n'entre pas dans MA classe. C'est bien ce qui s'est passé, n'est-ce pas ? Que vous vous envoyiez des messages ne me concerne pas, à moins que cela dérange mon cours.

— Votre cours n'avait pas commencé, répliqua Asclé.

— Je décide de l'heure à laquelle mon cours commence et de l'heure à laquelle il se termine. Allons poursuivre cette discussion derrière la porte de mon bureau.

Le professeur Sizan ouvrit la marche. Découragées, les deux amies le suivirent à contrecœur.

— Fermez la porte, s'il vous plaît ! ordonna le professeur, une fois assis à son bureau.

Asclé n'avait qu'une envie, c'était de claquer la porte pour faire sortir sa colère.

— Asseyez-vous !

— J'aime mieux rester debout, déclara Marianne, l'œil méchant.

— Je ne le répèterai pas ! Asseyez-vous !

Les deux jeunes filles s'exécutèrent à regret.

— Eh bien ! On se retrouve encore une fois, on dirait. Que vais-je devoir appliquer comme punition pour que vous compreniez ?

Il pianota sur son bureau, tordit sa bouche et, finalement, sourit.

— Je pense avoir trouvé. Vous allez me faire un autre travail de dix pages pour la semaine prochaine, mais celui-ci sur le camp de concentration de Buchenwald.

— Mais nous n'aurons jamais le temps ! Nous croulons déjà sous le poids du travail, objecta Asclé.

— Il n'y a pas de mais, déclara le professeur. La discussion est close. Au fait, je voulais savoir si ce sac à dos est à vous.

Le professeur souleva un sac qui appartenait à un autre étudiant.

— Non, répondit Asclé.

— Pouvez-vous regarder à l'intérieur et vérifier s'il n'aurait pas laissé sa carte d'étudiant dans sa trousse ?

Asclé avait le goût de l'envoyer paître, mais elle ouvrit le sac et en sortit la trousse. Elle fit glisser la fermeture éclair et regarda à l'intérieur, mais il n'y avait rien. Elle regarda tout au fond du sac et en sortit quelques effets personnels.

— Non, il n'y a rien, mais si vous voulez mon avis, c'est à un garçon.

— Oh ! Vous faites de l'humour ?

— On peut s'en aller ? demanda Asclé.

— Pauvres de vous, vous faites pitié. Oui, sortez de mon bureau !

Asclé et Marianne sortirent en flèche et se dirigèrent vers leurs casiers. La cloche avait sonné, elles étaient donc en retard pour le cours de français. Elles se firent évidemment réprimander par la surveillante des casiers, qui les renvoya en classe sans qu'elles aient pu prendre leurs cahiers. Puis, madame Lagacé, leur enseignante de français, les punit pour leur retard et leur fit recopier des règles de grammaire durant tout le cours.

LA PROMESSE

Le printemps s'annonce
toujours rempli de promesses…
sans jamais nous mentir sans jamais défaillir.
Michel Bouthot, *Chemins parsemés*
d'immortelles pensées

Henri et Élisabeth se promenaient dans les rues de Québec. La jeune fille était déchirée. Elle allait donner naissance à un petit être pendant que son amoureux, lui, combattrait dans un autre pays. Peut-être que ce bébé ne connaîtrait jamais son père.

— À quoi tu penses, Lili ?

Elle le fixa, le regard empreint de tristesse.

— Je sais que ce n'est pas facile, mais ce soir, on pourrait faire comme si je ne m'en allais pas demain ?

— Comment veux-tu que je fasse ça ? J'ai tellement mal en dedans, Henri. C'est comme si mon ventre se déchirait.

Le jeune homme secoua la tête.

— Je vais t'écrire… aussi souvent que je le pourrai. Je vais tout te dire. Comment ça se passe, quelle sorte d'avion je vais piloter, où je vais aller… Lili, je t'aime ! Pis, ça changera pas.

— Henri, j'aimerais te dire quelque chose d'important.

— Quoi, ma belle Lili ?

Élisabeth prit une grande inspiration. Elle faillit lui avouer sa grossesse, mais se ravisa.

— Je vais toujours t'attendre.

— Je vais revenir ! Je te le promets ! chuchota Henri à son oreille en la serrant dans ses bras.

LA RÉCONCILIATION

> *On pardonne tant que l'on aime.*
> François de La Rochefoucauld, *Maximes*

De retour chez lui, Étienne reprit une des deux feuilles de la lettre que Doña Paz lui avait laissée.

Hombre !

Je sais que ce que tu vis en ce moment n'est pas facile.

Mais, car il y a un mais…

Tu peux arranger les choses. Je sais que tu le peux.

Il faut trouver le courage de vaincre sa peur, car la peur amène des vibrations très négatives, et on attire souvent les choses qui nous font peur. Tu avais peur de perdre Asclé, et voilà, maintenant, c'est fait ! Mais tu dois trouver le courage de la reconquérir et de lui prouver ton amour. Tu peux le faire ! J'ai confiance en toi ! Tu as résolu tant d'énigmes !

En voici d'ailleurs une dont la solution t'aidera, ou plutôt vous aidera, Asclé, Marianne et toi.

Buena suerte[7] !

---

[7] Bonne chance !

Mon premier est dit d'un poème de quatorze vers.

Mon deuxième est quand on enlève « quel » à une personne...

Mon troisième est pour s'amuser.

Mon quatrième est une note de musique.

Mon cinquième est ce qu'un bébé fait après avoir bu.

Mon sixième est le masculin de « la ».

Mon tout concerne le professeur Sizan.

Étienne n'en revenait tout simplement pas. Comment cette femme pouvait-elle connaître son professeur d'histoire ? Elle avait quand même raison sur plus d'un point. Il devait prouver à Asclé son amour. Il devait et il pouvait la reconquérir. C'était la première fois qu'il avait hâte de résoudre une énigme venant de Doña Paz. Il se mit immédiatement à la tâche. Après une heure, il décida de sortir et se rendit à une boutique de cadeaux.

Pendant ce temps, étendue sur le sofa-lit de sa chambre, Asclé écoutait de la musique. Elle tentait tant bien que mal de chasser la douleur de ne plus être avec Étienne quand la sonnette de la porte d'entrée tinta. Asclé, qui était seule chez elle, alla ouvrir. Devant elle, se tenait Étienne avec un joli paquet dans les mains.

— Salut ! lui dit-il.

— Salut ! répondit Asclé par politesse.

— Je peux entrer ?

— Je...

— S'il te plaît !

Étienne avait l'air si malheureux qu'Asclé recula et le laissa entrer.

— Tiens ! C'est pour toi !

Elle prit le paquet qu'Étienne lui tendait sans dire un mot.

— Asclé, j'aimerais te parler. Est-ce que je le peux ?

Asclé acquiesça de la tête et se dirigea vers sa chambre. Elle baissa le volume de sa radio.

— Ta mère n'est pas là ? demanda Étienne en la suivant.

— Partie faire des courses.

Étienne resta sur le seuil de la porte, hésitant à entrer dans la chambre de son amie.

— Allez, viens ! lui dit Asclé en s'asseyant sur son sofa-lit.

Étienne s'assit en se tenant le dos droit.

— Je veux que tu saches que je regrette vraiment de n'avoir rien fait, Asclé, commença-t-il.

La jeune fille le regarda droit dans les yeux. Elle savait qu'il était sincère et cela la toucha. Étienne continua.

— Quand tu m'as dit que... que c'était fini, nous deux... j'ai passé la soirée dans ma chambre à repenser à mon erreur...

À ce souvenir, la douleur se raviva dans son ventre.

— C'est alors que Doña Paz m'est apparue...

— Pourquoi ne me l'as-tu pas dit ?

— Tu ne voulais pas que je t'approche.

— C'est vrai, je...

— Écoute, Asclé, je ne suis pas fier de moi, mais je sais que je peux me reprendre. J'ai déjà risqué ma vie pour te sauver, tu le sais...

Elle l'écoutait attentivement. Il avait raison. Il lui avait prouvé son amour de nombreuses fois.

— Mais je comprends très bien pourquoi tu as rompu, j'aurais fait la même chose à ta place. Non ! En fait, peut-être pas !

Cela la fit sourire. Elle le poussa à la blague, ce qui le fit basculer en arrière et tomber sur le dos. Asclé se pencha au-dessus de lui. Ils restèrent en silence, immobiles, se regardant dans les yeux. Étienne approcha alors ses lèvres de celles d'Asclé, qui ne recula pas. Elle ferma plutôt les yeux et se détendit. Elle aimait vraiment beaucoup Étienne et avait besoin de lui, elle en prenait réellement conscience. Étienne la prit dans ses bras et la serra contre lui. Puis il roula sur le côté en lui chuchotant à l'oreille.

— Est-ce que j'ai droit à une autre chance ?

Elle sourit et eut l'air d'hésiter avant de l'embrasser de nouveau. Étienne prit cela pour un oui.

— Merci ! Je ne te décevrai pas !

— Par quoi vas-tu commencer ?

— Non, toi, tu vas commencer par ouvrir le paquet que je t'ai apporté.

La jeune fille l'avait mis de côté. Elle l'attrapa en s'assoyant et commença à défaire le ruban. Étienne s'assit aussi. Son amie déballa le tout et découvrit un magnifique bracelet fait de billes colorées.

— Oh, merci !

— Pas de quoi!

Elle l'embrassa de nouveau et mit le bracelet à son poignet.

— Il est magnifique.

— Oui, mais ce bracelet n'a aucune propriété, il ne devrait pas nous mettre dans le pétrin comme le collier.

— Ne dis pas ça! Le collier nous protège.

— Je n'ai pas la même idée de sa protection. En tout cas, il commence à être tard, je vais peut-être te laisser te reposer.

— Tu rigoles ou quoi? J'ai toute une recherche à faire, et souviens-toi que tu as dit que tu m'aiderais.

— J'ai dit ça, moi?

Asclé le regarda en plissant les yeux. Étienne redevint sérieux.

— Non, je rigolais, je me le rappelle très bien. Si tu veux, tu peux dormir et je la ferai à ta place.

— Mais non, nous la ferons ensemble. Tu fais les recherches et moi j'écris, O.K.?

— Je suis d'accord!

— Et comment va Doña Paz? Étienne se sentait honteux. Il avait traité leur amie mexicaine avec une très grande impolitesse. Il devrait trouver un moyen de se racheter.

— Eh bien, j'imagine qu'elle va… bien, finit-il par dire.

— Tu n'en as pas l'air certain ?

— Écoute, Asclé, je me suis conduit comme un idiot, en fait. C'est ce que dirait Marianne. J'étais triste et déchiré quand elle est apparue pour me parler et…

— Et ?

— Et je l'ai envoyée promener.

— Tu as fait quoi ?

— Je sais… Ça n'a pas de sens. Je vais me racheter. Je vais m'excuser. Elle voulait sans doute m'aider, mais ce n'était pas le bon moment. Asclé, je suis gêné de ce que j'ai fait.

Son amie était elle-même ébranlée par ses propos.

— Je t'assure, Asclé, je vais réparer cette erreur-là aussi. Promis !

Il attrapa le portable de son amoureuse et l'ouvrit.

— Quel est ton mot de passe ?

— Mon mot de passe ?

Asclé se sentit alors glisser dans son autre vie. Étienne laissa l'ordinateur de côté pour amortir la chute de sa petite amie.

Les gardes allemands étaient entrés dans la maison. Asclé était inconsciente sur le plancher, mais les cris de son petit frère la réveillèrent.

— Arrêtez ! Je ne veux pas y aller ! Vous me faites mal !

La jeune fille ouvrit les yeux. Le hurlement de son frère la saisit. Alors qu'elle tentait de se lever, un pied la plaqua au sol. Elle s'écrasa sur le plancher. Une voix lui ordonna de rester par terre et de ne pas bouger. Asclé sentait la pression d'une botte dans son dos. Elle releva la tête et constata que l'officier qui la pressait devait mesurer au moins deux mètres. Il n'hésiterait donc sûrement pas à l'écraser comme une mouche si elle n'obéissait pas. Malgré tout, elle trouva le courage d'affronter le soldat.

— Lâchez mon frère ! Il est blessé. Vous m'avez, alors laissez-le !

— On vous emmène tous les deux.

On avait déjà sorti son petit frère de la maison.

— Debout ! ordonna l'Allemand.

Il la saisit par le bras et le lui tordit dans le dos.

— Aïe ! se plaignit Asclé.

— Si tu penses que tu souffres, attends de voir ce qui va t'arriver, Tzigane !

Lorsque Asclé rouvrit les yeux, son bras la faisait souffrir. Étienne la tenait contre lui.

— Une recherche peut tout aussi bien se faire sur ordinateur, tu n'es pas obligée de toujours y retourner en personne.

La jeune fille lui fit une grimace.

— Si j'avais le choix, répliqua-t-elle en s'assoyant, eh bien, je ne ferais tout simplement aucune recherche. Je trouve cette histoire de camps de concentration horrible.

— Ouais, d'accord avec toi.

— Ton mot de passe?

— Limenitis archippus!

— Tu blagues?

— Non, pourquoi?

— Asclé! Qu'est-ce que c'est encore que ce charabia?

— C'est simplement le nom latin du monarque.

— Du monarque?

— Le papillon, tiens! C'est facile à retenir, puisque le Monarque pond ses œufs sur l'asclépiade, et je m'appelle Asclépiade.

— Mais oui, ça m'avait échappé! se moqua Étienne. Non, mais pourquoi te casser la tête avec un mot imprononçable? Pourquoi ne pas choisir « monarque », tout simplement?

— Ce serait trop facile ! Quelqu'un pourrait le deviner.

— Et qui voudrait entrer dans ton portable ?

— Je ne le sais pas, mais personne ne réussira à trouver mon mot de passe.

— Non et, même si quelqu'un réussissait, je te gage vingt dollars qu'il ne pourrait pas l'écrire. D'ailleurs, ça te dérangerait beaucoup de l'écrire pour moi ?

— Mais non ! Allez, donne-moi ça !

— Merci !

Étienne lança la recherche. Il y avait plusieurs sites qui parlaient du camp de concentration allemand de Buchenwald.

— Tu as de quoi écrire ? demanda Étienne.

— Oui, vas-y ! dit Asclé en prenant un cahier et un crayon à mine.

— Bon, alors tu peux noter que le camp a été construit en 1937 sur la colline d'Ettersberg, un terrain boisé situé à proximité de Weimar, dans le centre de l'Allemagne de l'Est. Les baraques des prisonniers se trouvaient sur le versant nord.

— Pas trop vite ! Tu as mon ordi, alors que je n'ai qu'un crayon à mine.

— C'est bon, je ralentis. Le camp a été construit par des prisonniers.

— Tu en es sûr?

— Du moins, c'est ce qui est expliqué sur Internet. Les prisonniers ont défriché une partie de la forêt, puis ils ont construit l'ensemble du camp, ainsi que les maisons des SS.

— Wow!

— Ensuite, ils se sont attaqués aux routes. Plusieurs prisonniers sont morts au travail. Ils ont donc surnommé cette route « la rue du sang ». Chaque prisonnier portait un insigne de couleur qui les distinguait. Par exemple, les prisonniers qu'on qualifiait de gitans portaient un triangle noir et les lettres ASR.

— Ce qui veut dire?

— Minute, je cherche! Ah! Ça semble signifier « qui refuse de travailler »!

— Oui, les SS détestaient le mode de vie des bohémiens, se souvint Asclé. Ces derniers étaient des nomades. Ils voyageaient, ils vendaient d'étranges bébelles, ils disaient la bonne aventure... Et ils n'aimaient pas le travail, du moins dans le sens où les Allemands le définissaient.

— Je ne pense pas non plus que j'aurais aimé travailler ainsi. Si un soldat voyait un prisonnier transporter une pierre trop petite, eh bien, il le tuait.

Ils continuèrent la recherche et Étienne retourna chez lui au petit matin en bâillant. Néanmoins, il était un jeune homme heureux. Il avait renoué avec Asclé. Restaient encore Marianne et l'inévitable confrontation avec le professeur Sizan, mais il se sentait d'attaque.

L'ACCUSATION DE VOL

Qui veut noyer son chien l'accuse de la rage.
Molière, *Les femmes savantes*

Asclé n'avait dormi que quelques heures quand le cadran sonna. Elle se sentait lourde et exténuée. Elle aurait préféré rester au lit, mais elle craignait une nouvelle punition du professeur d'histoire, et elle ne voulait surtout pas manquer le voyage, qui arrivait à grands pas. Elle se força donc à s'asseoir, puis à se lever. Elle enfila son chandail à l'envers, sans même s'en apercevoir. Elle attrapa un verre de jus et souhaita une bonne journée à sa mère, qui écoutait les nouvelles à la télévision. Elle repensait à sa soirée et malgré tout ce qui lui était arrivé la veille, elle avait une impression de légèreté. Elle était certaine que cela était dû à Étienne. Avoir été séparée de lui, même si ce n'était qu'une journée, avait été une expérience pénible et très douloureuse. Marianne chignerait sûrement de savoir qu'ils avaient repris, mais au fond, elle savait que son amie serait contente. Étienne et Marianne avaient beau avoir de nombreuses prises de bec, ils s'aimaient bien, et ça se sentait. Le trajet jusqu'à l'école parut très court à Asclé, tant ses pensées l'avaient occupée. Marianne vint à sa rencontre.

— Salut! Ça va? On dirait que tu n'as pas dormi de la nuit.

— C'est presque ça.

— Il s'est passé quelque chose?

— Étienne est venu à la maison hier soir.

— J'espère que tu lui as fermé la porte au nez comme il le méritait!

— Euh...

Étienne arriva par-derrière et embrassa Asclé dans le cou. Il avait les mêmes yeux enflés que sa bien-aimée.

— Bonjour, Princesse!

Marianne ouvrit la bouche, mais aucun son n'en sortit. Elle referma les lèvres, fouilla dans son sac et en extirpa son gloss. Elle se l'appliqua avec lenteur, tout en dévisageant ses deux amis. La cloche sonna, ce qui les empêcha d'entreprendre toute discussion. Ils avaient cours d'histoire, un cauchemar assuré. Pourtant, en entrant dans la classe, Marianne et Asclé eurent droit à un sourire de leur enseignant, qui leur proposa d'aller à la bibliothèque. Dans sa grande bonté, il leur donnait du temps pour faire leurs recherches sur les camps de concentration. Les deux filles, surprises, sortirent de la classe. Le professeur Sizan ferma la porte derrière elles, puis éteignit les lumières et projeta un film aux élèves. Là, sous leurs yeux, défilèrent des images montrant Asclé et Marianne dans le bureau de leur enseignant, en train de fouiller dans un sac à dos qui ne leur appartenait pas. Le professeur Sizan avait trafiqué la vidéo qu'il avait prise la veille à l'insu des deux filles. Le propriétaire du sac, un grand gars nommé Alex, se leva d'un bond, furieux.

— Espèces de voleuses ! Je vais le leur faire payer !

Étienne réagit immédiatement et se leva lui aussi.

— Du calme, Alex, je suis certain que ce n'est pas ce que tu crois.

— Ah oui ? Eh bien, que font-elles, hein ? Peux-tu me le dire ? Ce sont des voleuses !

— Fais attention à ce que tu dis ! répliqua Étienne, en voulant défendre ses amies.

— Monsieur Étienne, veuillez vous asseoir! Je crois que la colère de monsieur Alex est justifiée.

— Non! protesta Étienne sur un ton autoritaire.

— Pardon? s'étonna le professeur.

— C'est un malentendu! Jamais Asclé ni Marianne ne voleraient qui que ce soit.

— Alors comment expliques-tu ce qu'on vient de voir? rétorqua Alex sur un ton agressif.

— Je ne sais pas, avoua Étienne, mais je réponds de mes amies.

— Alors, vous serez accusé de complicité, monsieur Étienne, menaça monsieur Sizan.

— Parfait! acquiesça Étienne. Allez-y! Accusez-moi!

Le professeur Sizan sourit, puis ordonna aux deux garçons de se rasseoir, éteignit le film et ralluma les lumières.

— Sur la base de cet enregistrement, qui dans la classe vote pour qu'Asclé et Marianne reçoivent une grave punition?

Étienne, furieux, dévisageait l'homme en face de lui. Peu à peu, tous les élèves de la classe, sauf lui bien entendu, levèrent la main. Le professeur leur fit signe de baisser les bras.

— Eh bien, il est facile de voir que vous êtes tous d'accord pour que les deux voleuses soient punies.

Étienne se leva brusquement.

— Je propose plutôt qu'on les interroge, ça doit être un simple malentendu !

— Personne n'est de votre avis !

— Peut-être, mais ça m'est égal ! J'ai confiance en ces deux filles et je sais que jamais, elles n'auraient pris des choses qui ne leur appartiennent pas. À moins que...

Étienne réfléchissait à ce qu'Asclé lui avait dit sur leur enseignant.

— À moins qu'elles n'y aient été forcées, avança-t-il.

Le jeune homme vit le professeur Sizan plisser les yeux, mais il fut incapable de deviner ses sentiments.

— Je vous demanderais de sortir, monsieur Étienne, et de bien vouloir m'attendre dans mon bureau. Quant aux autres, sortez vos cahiers et répondez aux questions des pages soixante-trois et soixante-quatre.

Étienne se leva, prit ses affaires mais au lieu d'aller directement au bureau de l'enseignant, il fit un détour par la bibliothèque. Il venait de réaliser à quel point toute cette histoire était tordue. C'était incroyable, quand même ! Arrivé sur les lieux, il chercha ses amies des yeux. Marianne était assise à une table, tandis qu'Asclé parcourait les rangées. Il alla tout d'abord voir la première.

— Que fais-tu ici ? s'étonna celle-ci.

— Je dois absolument vous parler !

La bibliothécaire se racla la gorge en les regardant fixement. Étienne baissa la voix.

— Le professeur Sizan nous a passé un film où l'on vous voit fouiller dans un sac d'école et en sortir des objets.

— Qu'est-ce que tu racontes ?

Ayant aperçu Étienne avec Marianne, Asclé s'approcha, l'air soucieux.

— Qu'y a-t-il ?

C'est Marianne qui prit la parole.

— Monsieur Sizan nous a piégées !

— Quoi ? Comment ? fit Asclé, décontenancée, en s'assoyant près de son amie.

— Hier, te souviens-tu dans son bureau ? Il a insisté pour que tu regardes dans le sac d'un autre élève…

Étienne acquiesça.

— Il vous a filmées, et maintenant, tout le monde pense que vous êtes des voleuses.

— Wow! s'écria Asclé.

La bibliothécaire s'approcha, la bouche pincée.

— Je suis désolée, s'excusa Asclé, on va chuchoter.

— La bibliothèque est un lieu de recherche et de silence, je ne pense pas que des réunions et des discussions aient leur place ici. Je vous prierais donc de sortir immédiatement ou j'appelle votre tuteur.

— On s'en allait, justement, déclara Étienne.

Les filles le regardèrent avec surprise, mais elles prirent leurs livres et sortirent à sa suite. Une fois à l'extérieur, Asclé interrogea son amoureux.

— Et maintenant?

— Je ne sais pas! Mais on ne pouvait pas rester à la bibliothèque.

— On ne peut pas non plus rester dans les corridors, la surveillante va nous dénoncer, intervint Marianne.

— Je connais un endroit, proposa Asclé. Suivez-moi!

Ils la suivirent jusqu'au corridor menant au gymnase. La jeune fille ouvrit alors la porte d'un réduit dans lequel était rangé l'équipement de gymnastique. Ils se faufilèrent tous à l'intérieur. Dès qu'elle fut entrée, Asclé perdit connaissance.

Asclé et son petit frère se trouvaient entassés dans un wagon à bestiaux, au milieu de dizaines d'autres femmes et d'enfants. Le wagon, construit pour accueillir une trentaine de bêtes, contenait plus d'une centaine de personnes. Alex était appuyé sur sa sœur et la fièvre le faisait délirer. La jeune fille faisait tout pour éviter que le gamin tombe par terre, car il aurait pu être écrasé par les autres voyageurs. Certaines personnes se plaignaient d'étouffer, d'autres criaient ou pleuraient. Cependant, les Allemands ayant menacé de tirer s'ils entendaient encore gémir, les plaintes cessèrent peu à peu. Plusieurs mères durent faire taire leurs enfants en leur mettant une main sur la bouche, de peur de les voir se faire fusiller. Asclé n'avait rien pour soulager Alex, pas même une goutte d'eau. Depuis deux jours, le train roulait sans arrêt; n'en pouvant plus, certaines femmes buvaient la sueur qui dégouttait des autres. Personne ne savait quelle serait la destination finale lorsque soudain les freins grincèrent. Des soupirs de soulagement envahirent le wagon. Certaines femmes esquissèrent un sourire. D'autres manifestèrent leur mécontentement. Asclé, préoccupée par l'état de son frère, n'exprimait rien, sinon de l'anxiété. Le train s'immobilisa complètement. Les portes furent ouvertes par les gardes allemands. Les femmes et les enfants sautèrent des wagons. Asclé sortit en portant son frère. Les Allemands, en hurlant et en les frappant, divisèrent leurs prisonniers en deux groupes : d'un côté, le groupe de ceux qu'ils forcèrent à courir les cinq kilomètres restants jusqu'au camp, et de l'autre, le groupe de ceux qu'ils jetèrent dans des camions. À l'entrée de Buchenwald, on pouvait lire sur une grille de fer l'inscription suivante : « Jedem das Seine », ce qui signifiait en français « À chacun son dû ». Une clôture de barbelés électrifiés de trois cent quatre-vingts volts ceinturait le camp principal. Asclé se plaça en rang au milieu de centaines de déportés comme les soldats l'avaient exigé, puis le long convoi entra dans la cour du camp. Sur place, les femmes et les enfants qui formaient le premier convoi furent accueillis par des coups de crosse et des pierres lancées par les SS. Les nazis s'amusèrent à voir leurs chiens attaquer les nouvelles arrivantes. Asclé tenta de protéger Alex du mieux qu'elle le put. Elle se retourna et se fit mordre le bras. Le chien ne la lâchait pas. C'est une femme qu'elle ne connaissait pas qui frappa le molosse pour la secourir, mais cette dernière fut assommée par un maître allemand. La jeune fille, en état de choc, restait figée. Elle fut frappée à maintes reprises, mais ne lâcha pas son frère que lorsqu'elle fut contrainte de le déposer, sous menace d'être abattue avec lui. Elle l'allongea donc par terre. Un soldat donna un rude coup de pied dans les côtes du garçon, et un bruit d'os brisé se fit entendre. Asclé voulut protéger son frère, mais le canon d'un fusil fut pressé contre sa tempe. Le soldat l'avertit qu'il tuerait l'enfant devant elle si elle le touchait, ne serait-ce que du bout des doigts. L'un des hauts dirigeants arriva et leur gueula les instructions et les règlements du camp. Il promit d'abattre devant témoin tous ceux qui essaieraient de se sauver, et de torturer ceux qui seraient trop fainéants pour travailler. En disant cela, il désigna les bohémiennes et cracha sur une femme et son bébé. Les victimes durent d'abord attendre en ligne d'être dépouillées de tous leurs biens. Puis, Asclé dut abandonner son frère, que l'on amena à la clinique. La jeune fille eut l'espoir qu'on le soignerait, mais c'était bien mal connaître les médecins nazis. Les femmes furent ensuite conduites à des vestiaires et examinées rapidement. Celles qui avaient des poux durent être rasées. Asclé fut de celles-là. Elle avait de très beaux cheveux longs et bruns. Elle avait sûrement dû attraper les poux dans le train. On les fit grimper nues sur des escabeaux. Asclé ne put retenir ses larmes. Elle n'était pas la seule. La plupart des jeunes filles autour d'elle pleuraient. Elles versaient des larmes de colère, des larmes de tristesse, mais surtout des larmes d'humiliation. Au-dessus de leurs têtes, des rasoirs pendaient. D'autres détenues, chargées de ce travail, empoignèrent les rasoirs et tondirent tous les cheveux des jeunes filles vulnérables. Quand la tonte fut finie, Asclé fut poussée à l'extérieur avec les autres. Une main sur sa tête rasée et l'autre essuyant ses yeux, elle faillit trébucher sur une pierre. Dans la cour, sortant des baraques, des squelettes humains ambulants marchèrent dans leur direction. C'étaient des femmes arrivées quelques semaines auparavant. Elles portaient des ballots de linge qu'elles présentèrent aux nouvelles. Un amoncellement de vêtements usés et souillés se répandit sur le sol. Les femmes durent fouiller dans le tas pour trouver de quoi se couvrir. Asclé attrapa une robe tachée de sang et de terre. Ensuite, toutes furent conduites à l'autre bout du camp, dans des baraques qui servaient de lieu de quarantaine. Buchenwald était un camp d'hommes, mais plusieurs femmes travaillaient dans des centres extérieurs directement rattachés au camp, souvent dans l'armement. Donc, les femmes et les jeunes filles n'étaient que de passage. Quinze jours après leur arrivée, elles étaient envoyées ailleurs. Ces quinze premiers jours étaient identiques les uns aux autres, en raison de l'interdiction formelle de sortir du bloc, si ce n'était pour les appels deux fois par jour. Asclé voulut savoir comment obtenir des nouvelles de son petit frère ; aussi se lia-t-elle d'amitié avec une certaine Aryanne chargée du bloc.

— Oublie ton frère ! Je sais que c'est difficile, mais ce n'est encore rien, comparé à toutes les horreurs que tu verras.

— Comment peux-tu penser que j'oublierai mon frère ?

— Asclé! Crois-moi, il est déjà beaucoup mieux à l'endroit où il se trouve.

— Penses-tu qu'ils l'ont soigné et qu'ils l'ont libéré?

Aryanne était triste, elle savait qu'elle allait crever le cœur de son amie.

— Non, tête de linotte! Les nazis ne libèrent personne de cette manière-là. Crois-tu qu'ils vont offrir une couverture et un bon lit à ton frère? Regarde la façon dont tu es traitée! Et regarde autour de toi, tu vas comprendre...

Asclé réfléchissait aux paroles de son amie quand elle fut interrompue par l'appel du soir. C'était là la seule sortie autorisée pour les femmes en quarantaine. Elles devaient sortir dans la cour et se tenir droites et en rang dix par dix, pendant que les gardes les comptaient et les recomptaient. Si une des femmes était trop faible ou malade pour rester debout, alors les SS lâchaient leur chien qui se chargeait de la mordre. Soit elle se redressait, soit elle ne se relevait plus du tout. Asclé fit des cauchemars terribles à ce sujet. Elle voyait un chien sauter à la gorge d'une femme, et son cri la poursuivait jusqu'au réveil. Lorsque quelqu'un manquait à l'appel, les nazis pouvaient garder les femmes

debout des nuits entières pour les punir. Un
soir, debout en ligne avec les autres, Asclé trem-
blait de froid. Soudain, un SS pointa un doigt
dans sa direction.

— Asclé! Asclé! Vite, réveille-toi! On
entend des pas! s'affola Marianne.

Marianne et Étienne étaient sur les dents :
les pas se rapprochaient et Asclé était toujours
inconsciente. Étienne se pencha sur son amoureuse et l'embrassa sur les lèvres. Elles étaient
glaciales. Mais elle ouvrit finalement les
yeux au moment où quelqu'un jouait avec la
poignée. Étienne lui fit signe de se taire et ils se
cachèrent tant bien que mal sous les ensembles
de football. Tremblant de froid, Asclé ne put
s'empécher de gémir, mais Étienne lui plaqua
la main sur la bouche avant qu'elle les trahisse.
La personne ouvrit la porte et prit quelques
vieux bâtons de hockey, avant de retourner
vers le vestiaire sans rien remarquer. Étienne
retira sa main de la bouche de sa bien-aimée.

— Comment vas-tu? lui demanda-t-il.

— J'ai les pieds horriblement gelés.

Étienne les palpa et constata avec tristesse qu'ils n'étaient pas froids, mais glacés.
Il fit ce qu'il avait déjà appris en tant que

sauveteur à la piscine. Il leva son chandail pour déposer les pieds d'Asclé contre son ventre. Sa respiration s'arrêta quelques secondes et il laissa involontairement échapper un petit cri aigu. Marianne le rabroua.

— Tu veux qu'on nous prenne ?

— Tu veux peut-être prendre ma place, Princesse ?

— Non, non. Mais il faut vraiment trouver une solution à nos problèmes.

— Il faut absolument agir, confirma Asclé. Maintenant, en plus d'avoir monsieur Sizan sur le dos, nous avons aussi les autres élèves qui nous prennent pour des voleuses.

— Je pense qu'il vaut mieux quitter l'école avant la fin des cours, suggéra Étienne.

— La direction va sûrement appeler nos parents, intervint Marianne.

— Il faut quand même le faire, les filles. C'est ça ou vous allez vous faire lapider, argumenta Étienne.

Asclé dévisagea son amoureux : il n'avait pas tort. Elle regarda alors autour d'elle.

— J'ai une idée !

Cinq minutes plus tard, les trois compagnons déguisés en joueurs de football traversèrent le corridor et franchirent les portes de l'école, sous le regard étonné de la surveillante qui ne les avait pas reconnus. Elle avait bien cligné des yeux en pensant voir un des joueurs de football en talons hauts, mais cela ne pouvait être qu'une erreur. Elle regarda donc d'un air perplexe le café qu'elle était en train de boire et décida d'aller jeter le restant de sa tasse. De leur côté, les jeunes coururent au moins trois minutes avant de penser s'arrêter. Certaine de s'être fait au moins dix ampoules, Marianne retira ses chaussures et son casque.

— Pour le coup, on va être accusés de vol d'équipement! dit-elle en secouant la tête de découragement. Et ils seront absolument convaincus que nous sommes des voleuses.

Asclé et Étienne enlevèrent leurs casques eux aussi.

— Si jamais l'école envoie la police à nos trousses, elle va nous repérer immédiatement, commenta Étienne en désignant les passants qui leur jetaient des regards curieux.

Asclé acquiesça. Elle ne voyait pas comment ils allaient se sortir de cette impasse. Si seulement Doña Paz apparaissait, pensa-t-elle. C'est à cet instant qu'un être de lumière apparut au milieu d'une fumée bleutée.

— Doña Paz ! s'écrièrent les trois amis d'une même voix.

La jeune fille aurait voulu prendre la Mexicaine dans ses bras, mais elle n'était qu'une apparition.

— Jé suis contenté dé voir qué vous êtés rassemblés, dit la vieille dame en regardant Étienne.

Le jeune homme se racla la gorge et s'excusa :

— Je suis désolé, Doña Paz, je me suis conduit...

— Comme un idiot, mais elle est habituée ! le coupa Marianne.

Étienne lui jeta un regard meurtrier. Puis, il se tourna vers Doña Paz.

— Je me suis vraiment mal comporté, je suis honteux. J'aimerais que vous me pardonniez.

— Jé té pardonné, *hombre* ! Mais né récommencé plus.

— C'est promis !

— Bon, alors, oune m'a appélée ?

Asclé soupira.

— Oui, j'ai souhaité vous voir.

— Et *por qué*[8] ?

— Ce qui nous arrive est terrible ! expliqua Asclé.

— Qu'est-cé qui est terriblé ?

— Je ne sais pas si c'est mon retour à l'époque de la Seconde Guerre mondiale, ou bien si c'est l'école.

— Mais, *muchacha*[9], tu dois fairé lé lien ! Tout cé qui est dans l'univers est relié, todo ! Les chosés, les êtrés, les idées, todo ! La situation qué tu vis à l'écolé découlé dé ton autré vie, comprends-tu ?

— À vrai dire, pas du tout !

— Étienne, jé t'ai donné oune énigmé, l'as-tu résoloue ?

— Non pas encore, mais...

— Tou dois la régarder avant dé partir en Allémagné, sinon la situation né séra pas dangéreusé...

— Mais alors, pourquoi la résoudre ? Vous savez combien je déteste ça. Pourquoi me harceler de nouveau ?

— Jé n'avais pas fini ma phrasé, la situation né séra pas dangereusé, elle séra tout simplément meurtrièré. La solution finalé ! Est-ce qué ça

[8] Pourquoi ?
[9] Jeune fille.

vous dit quelqué chosé? Quelqu'oune dé très maladé s'imaginé qu'il a ouné mission et qu'il doit recommencer la bataille pour éliminer tous ceux qui né sont pas dignés dé la race aryenné. Vous comprénez? Il veut rétablir lé systèmé nazi! Soyez donc vigilants et *buena suerte*!

— Non! Attendez! s'écria Asclé, qui voyait peu à peu disparaître leur sage conseillère.

— Elle est partie! constata Marianne.

— Parlait-elle de monsieur Sizan? s'exclama Étienne. Mais comment l'école aurait-elle pu engager un professeur aussi dangereux?

— Bon, et maintenant? Que faisons-nous et où allons-nous? demanda Marianne.

— Venez à la maison, suggéra Asclé. Étienne, as-tu l'énigme avec toi?

— Oui, je crois bien.

— Tu crois ou tu l'as? demanda Marianne, irritée.

— Wow! Du calme, Princesse! Je pense l'avoir dans mes poches, sous ma tenue de football.

— Une fois rendus à la maison, déclara Asclé, on devrait tenter de résoudre l'énigme et se préparer à aller en Allemagne par nos propres moyens.

— Comme toujours ! ajouta Étienne.

— Oui, comme toujours.

L'après-midi avait avancé et l'école était terminée. Une voiture passa lentement près d'eux, mais ils ne remarquèrent pas le changement de couleur de leurs colliers mayas.

L'ARRIVÉE EN ANGLETERRE

> *Ce qui importe, ce n'est pas le voyage,*
> *c'est celui avec qui on voyage.*
> Jean-Luc Gendry, *Ne m'embrassez-pas,*
> *ce serait trop grave*

Henri, nerveux, arriva en Angleterre avec les autres soldats. Il avait suivi pendant quelques mois une formation d'aviateur, puis une autre formation pour jeunes soldats lui avait été offerte. Comme lui, certains s'étaient volontairement engagés dans l'armée, mais d'autres hommes avaient été obligés de s'enrôler. Il pensait à Lili, qu'il avait abandonnée pour venir combattre les nazis. La séparation n'avait pas été facile. Il avait eu le cœur déchiré. Il débarqua de l'avion et récupéra son sac, avant de suivre les autres soldats vers un camion de l'armée qui les conduisit au campement. Là-bas, ils eurent une soirée de repos. Le lendemain, très tôt, ils recevraient les ordres. Henri s'était fait un ami qui s'appelait Carl. Dans le dortoir, ils choisirent le même lit superposé. Henri devait dormir en haut et Carl, en bas. Ils se rendirent ensuite à la cafétéria, où leur était servi un repas.

Ils s'assirent en compagnie d'autres soldats. Carl s'était engagé dans l'armée tout comme Henri. Il avait eu le goût de faire des études de médecine, mais l'argent lui manquait et il avait donc opté pour l'armée.

— Comme ça, tu veux devenir médecin ? demanda Henri.

— Oui, j'aimerais bien ça. Si on passe à travers la guerre.

— On passera !

— Et toi ? interrogea Carl.

— Oh moi, j'ai toujours rêvé de voler. Enfant, j'étais déjà impressionné par les avions.

Henri coupa une portion de son pain et le mangea avec appétit.

— Profites-en ! Si on se fait attraper par l'ennemi, on vénèrera le moindre morceau de pain ! l'avertit Carl.

— Ouais, tu as entendu parler des camps de prisonniers ?

— Oui, et je pense que j'aimerais mieux être tué par une bombe que d'être humilié et de mourir à petits feux dans les camps de travail.

— Vaut mieux ne pas penser à ça !

— Tu as raison !

— Demain, j'espère piloter un Wellington[10], sa vitesse maximale peut atteindre quatre-cent-dix kilomètres par heure.

— J'espère être avec toi sur une des mitrailleuses.

L'angoisse s'empara soudain d'Henri et lui coupa l'appétit. Il se garda bien d'en faire part à son compagnon. Il se doutait que Carl vivait la même chose, mais c'était difficile d'en parler. Demain, la guerre changerait à tout jamais leur perception de la vie.

---

[10] Avion bombardier anglais à deux moteurs, conçu dans les années 1930 et couramment utilisé pendant la Seconde Guerre mondiale.

L'HABIT

Oh ! Que de grands seigneurs,
au Léopard semblables,
n'ont que l'habit pour tous talents !
Jean de La Fontaine, *Le Singe et le Léopard*

Il était enfin prêt pour le voyage en Allemagne. Il avait réussi à acheter un uniforme de SS sur Internet et il venait de le recevoir. Il avait peine à y croire. Il prit une grande inspiration avant d'ouvrir la boîte. Il souleva le couvercle d'une main et plongea l'autre à l'intérieur pour en sortir l'habit. Il jubilait. À ses yeux, rien n'était plus beau que ce qu'il tenait dans ses bras. Son rêve se concrétisait. Il enfila calmement la veste, puis mit les pantalons et les bottes et, en dernier lieu, se coiffa de la casquette. Il se contempla dans le miroir. Quelle allure ! Hitler et Himmler auraient sûrement été fiers de lui. Il alla ensuite s'asseoir à son bureau. Il sortit un plan de son tiroir. C'était ce qu'il restait du camp de Buchenwald. Il prit un crayon rouge et encercla l'endroit où se trouvait l'ancienne clinique. Cet édifice était toujours debout. Les cellules y étaient encore fonctionnelles et quelques instruments de torture y étaient exposés.

Des souvenirs de son enfance refirent alors surface. Son père, après une beuverie, l'avait réveillé et tiré hors de son lit. Il criait après lui. L'enfant qu'il était ne comprenait pas bien ce qui se passait. Il avait été traîné jusqu'en bas, dans le salon. Là, il avait vu que son chiot s'était échappé sur le tapis et que son père avait mis le pied dans la flaque d'urine. Ce dernier lui avait ordonné de prendre le chiot et de le suivre dans le garage. Le garçon avait pris peur. Il devinait déjà ce que son père s'apprêtait à faire. Il l'avait effectivement vu pendre une corde au plafond et y faire un nœud coulant. Il l'avait supplié, mais cela n'avait rien changé. La rage de son père était si grande... L'homme s'était bientôt emparé de l'animal et lui avait passé la corde au cou. L'enfant avait détourné le regard, car il ne voulait pas assister à la scène. Mais son père l'avait tiré par les cheveux et l'avait obligé à regarder, comme il l'obligeait régulièrement à regarder des films de guerre. Il avait d'ailleurs vociféré que son fils devait devenir un homme et arrêter d'être une mauviette.

— Regarde, j'ai dit ! avait-il crié. Regarde !

Il ne servait à rien de pleurer ni de hurler. L'enfant avait regardé son animal mourir, totalement impuissant. Le lendemain, quand son père avait dégrisé, il était revenu avec un autre chiot pour se faire pardonner. Mais le mal était fait...

Le professeur sortit de sa rêverie. Plus rien maintenant ne pouvait l'arrêter.

UNE AIDE PRÉCIEUSE

On ne doit jamais craindre d'avouer son ignorance :
elle suscite toujours des aides inespérées.
Philippe Bouvard, *Les pensées*

Dans la chambre d'Asclé, les trois amis discutaient de leur voyage en Allemagne.

— Comment peut-on réellement se rendre en Europe par nos propres moyens ? questionna Marianne.

— Princesse, j'avoue que, cette fois, tu poses une question intéressante.

— Il doit y avoir un moyen, réfléchit Asclé à voix haute… Je l'ai ! Et si on appelait Marie-Rose ? Après tout, c'est elle qui a organisé notre voyage en Inde avec un pilote privé !

— Pas bête ! approuva Étienne. Princesse, tu me prêtes ton cellulaire ?

— Si tu crois que ça me tente ! Par contre, je peux le passer à Asclé !

— Bon, alors, passe-le lui !

Marianne sortit son cellulaire de son sac et le remit à Asclé. Quand la jeune fille l'eut dans les mains, Étienne lui demanda :

— Maintenant, ma belle, peux-tu me prêter le cellulaire ?

Les deux jeunes filles sourirent. Asclé le lui tendit. Étienne composa le numéro de leur amie commune et attendit avec impatience. Marie-Rose décrocha :

— Allô !

— Bonjour, Marie-Rose ! C'est Étienne, Asclé et Marianne !

La vieille femme se mit à rire.

— Eh, je ne suis pas si vieille, je peux te reconnaître. Et puis, j'ai l'afficheur.

— Bon ! Comment allez-vous ? demanda le jeune homme.

— Très bien, mais je suppose que tu n'appelles pas simplement pour prendre de mes nouvelles, je me trompe ?

— Euh…

Étienne se sentait mal à l'aise. L'envie de prendre simplement de ses nouvelles et de raccrocher lui passa par la tête, mais ils avaient besoin d'aide.

— Vous avez raison. Je vous passe Asclé, elle vous expliquera bien mieux que moi la situation.

Asclé prit le téléphone.

— Marie-Rose! Vous allez bien?

— Oui, et toi, ma chère? Toujours en mission?

— Oui, nous devions partir pour l'Allemagne avec l'école.

— Vous deviez? Je sens que cela a changé.

— Oui, en fait, c'est une longue histoire, mais je vais vous la résumer.

Asclé raconta du mieux qu'elle put les mésaventures que Marianne et elle avaient vécues à l'école et demanda finalement son aide à Marie-Rose.

— Si je comprends bien, vous avez besoin d'un pilote et d'un avion.

— Oui, c'est ça.

— Écoutez, je vais voir ce que je peux faire, mais vous vous rappelez que la dernière fois, le pilote a accepté parce qu'il devait un service à Doña Paz, alors je ne sais pas si cela sera aussi facile cette fois.

— Je suis certain qu'elle a rendu service à plus d'une personne, répondit Étienne.

— Bon, laissez-moi regarder cela ce soir et je vous rappellerai demain matin, sans faute.

— Parfait! Vous êtes géniale, Marie-Rose! s'exclama Asclé. À demain.

Et la jeune fille raccrocha.

— Maintenant, comment peut-on se préparer à ce qui nous arrivera en Allemagne ? poursuivit-elle.

Étienne et Marianne la regardèrent sans rien dire.

— Tu es sûrement la mieux placée pour le savoir, lui répondit finalement Étienne.

— Est-ce que vous seriez partants pour m'accompagner dans ma vie antérieure ? leur demanda Asclé avec inquiétude.

Marianne avala sa salive. Elle aurait voulu se sauver en courant, mais sa meilleure amie avait besoin d'elle. Étienne reçut la demande comme un coup de poing en plein visage. Il n'avait aucune envie de visiter les camps nazis. Et s'il restait prisonnier dans ce retour dans le passé ? D'un autre côté, il venait à peine de reprendre sa liaison avec Asclé. Que penserait-elle s'il refusait ? Qu'il était un lâche ? Elle aurait de toute évidence raison. Mais qui était brave face aux SS ? Étienne et Marianne se sentaient réellement coincés dans cette situation inconfortable, et ils hésitaient à répondre à Asclé.

— J'ai compris ! lança celle-ci en constatant leur indécision. C'est trop pour vous !

Un silence de mort emplit la chambre. Marianne baissa les yeux.

— J'ai peur, avoua-t-elle.

— Je comprends, la rassura Asclé, moi aussi j'ai peur, mais je n'ai pas le choix, je dois affronter tout ça.

— Écoute, Asclé... commença Étienne. Ah et puis, c'est bon, je t'accompagne !

Asclé se jeta dans ses bras. Marianne se sentait nulle. Elle releva la tête.

— Bon d'accord, je viens aussi, mais je me sens complètement folle de dire oui. Et comment comptes-tu t'y prendre pour nous emmener ?

— J'ai acheté un livre, dans lequel plusieurs exercices ont été greffés pour retourner dans d'anciennes vies. On peut toujours en essayer un et on verra bien ce qui se passe !

— Montre-nous ce livre, la pria Étienne.

Asclé attrapa l'ouvrage en question. Elle l'ouvrit au hasard et tomba sur la page qui parlait des rêves éveillés conscients.

— J'ai trouvé la méthode !

— Tu ouvres la page au hasard, et voilà ! C'est comme ça qu'on va risquer nos vies ! s'indigna Marianne.

— Je te ferai remarquer que j'y retourne souvent de mon côté, sans choisir ni l'heure ni le lieu.

— C'est vrai, ça! renchérit Étienne.

Marianne lui grogna dessus.

— Bon! Êtes-vous prêts? demanda Asclé.

La vraie réponse était sans doute « jamais »! Mais ni Marianne ni Étienne ne reculèrent, et ils écoutèrent Asclé leur expliquer ce qu'ils devaient faire. Elle leur demanda de fermer les yeux et de se concentrer sur leur respiration.

— Respirez lentement et profondément! Ensuite, imaginez-vous dans un camp de concentration. Qui étiez-vous? Que faisiez-vous? Que portiez-vous comme costume? Laissez-vous aller!

— Comment va-t-on revenir? s'enquit Marianne.

— Je ne sais pas, avoua honnêtement Asclé.

— Très rassurant! lança Étienne.

— Concentrez-vous!

En moins de dix minutes, ils se retrouvèrent en Allemagne, dans le camp de Buchenwald.

Marianne ferma les yeux. Elle se vit d'abord déambuler dans un centre commercial

à Berlin en 2010... Rien à voir avec les nazis !
Quand tout à coup...

Elle marchait au milieu de nulle part, sur une route déserte, avec d'autres femmes. Elle regarda ses mains et faillit rouvrir les yeux, quand elle aperçut ses ongles noirs et de gros boutons dégoulinants sur ses doigts. Son cœur se mit à battre plus vite. Elle paniqua et demanda de l'eau pour se nettoyer les mains. Celle qui portait un béret se retourna et partit à rire.

— De l'eau, c'est vraiment ce que tu demandes ?

— Oui, s'il vous plaît !

— Vous avez entendu ça, les filles ? Elle veut de l'eau ! Elle ose demander de l'eau !

Les autres filles, apeurées, restèrent silencieuses. Qui savait ce que leur chef pouvait leur faire ? Cette dernière s'approcha de Marianne et lui saisit les mains.

— C'est vrai qu'elles sont sales ! ricana-t-elle. Je vais t'arranger ça, moi !

Et elle lui cracha dans les paumes.

— Essuie, maintenant !

Marianne, dégoûtée, s'essuya sur ses vêtements.

— Oh, mais tu n'as pas vu ton visage, lui aussi est très sale.

Sans plus attendre, la kapo[11] cracha plusieurs fois sur son visage. Marianne recula en fermant les yeux.

— Est-ce que je t'ai dit de reculer ?

— Non...

— Alors, avance ! ordonna-t-elle.

Quand Marianne s'exécuta, la kapo frappa sa tête d'un coup de bâton. La jeune fille s'effondra. Les autres filles fermèrent les yeux parce qu'elles avaient peur des représailles.

Étienne, lui, surveillait une piscine qui, soudain, se transforma en bassin rempli d'excréments...

Des prisonniers enlevaient les croûtes brunes qui flottaient sur un liquide infect. Étienne faillit s'évanouir quand il comprit ce dont il s'agissait. Il portait l'uniforme des SS. Impossible ! Il ne pouvait pas avoir été nazi ! Il voulut ouvrir les yeux, mais une force surhumaine le rappela à son ancienne vie. Il vit alors un de ses confrères pousser du pied un détenu dans le merdier. Le garde souriait.

— Ethan ! appela-t-il. Tu devrais toi aussi y jeter quelqu'un, dit-il en pointant le prisonnier qu'il venait de balancer dans les déchets.

---

[11] Les kapos étaient les personnes qui surveillaient les prisonniers dans les camps de concentration. Ils étaient souvent recrutés parmi les prisonniers les plus violents.

Ethan ne savait pas quoi faire. Certains des soldats étaient de vrais sadiques. Un de ses amis s'était suicidé, incapable d'affronter la réalité, et lui-même ne savait plus quoi faire. Il exécutait simplement les ordres qui venaient d'en haut. Il n'avait aucun plaisir à torturer d'autres hommes, mais il ne ressentait rien de spécial pour eux non plus.

— Oublie ça! répondit-il. Je ne veux pas sentir cette odeur toute la journée.

Un des juifs vomissait sans arrêt. Il le menaça avec son arme.

— Ça suffit! cria-t-il.

Assise sur son lit, Asclé se retrouva, quant à elle, sur une planche en bois.

Elle avait été nommée responsable des nouvelles arrivantes. Toutes, sauf elle, avaient reçu un habit rayé et des sabots en bois avant d'être transférées à Hasag-Leipzig[12], une usine de munitions qui dépendait de Buchenwald. Asclé dut donc dire adieu à Aryanne.

— Je penserai à toi! lui dit-elle.

— Courage! lui souffla Aryanne dans l'oreille.

Asclé était sous la responsabilité de Suzan, une kapo autoritaire et perverse qui s'amusait à

---

[12] Usine de munitions appartenant aux nazis et faisant travailler des prisonniers.

voir souffrir les autres. Les Allemands les recrutaient parmi les prisonniers les plus violents et il n'était pas rare qu'ils leur demandent de tuer d'autres prisonniers. Les kapos pouvaient choisir leurs victimes et la façon de les faire mourir. Ainsi, les Allemands avaient quelques personnes en moins à tuer. D'ailleurs, le matin, les nazis ne demandaient pas combien il restait de femmes pour travailler, mais combien il restait de numéros.

Suzan vint chercher Asclé pour qu'elle accueille les nouvelles arrivantes venues à pieds depuis le camp d'Auschwitz[13]. Fatiguées, certaines tenaient à peine debout. Mais il ne fallait pas rester à terre, car celles qui étaient incapables de se relever étaient achevées d'une balle dans la tête. Parmi les nouvelles, il y avait Marianne. Elle saignait et était toute blanche.

Les deux kapos se regardèrent et décidèrent d'emmener les prisonnières voir un beau spectacle. Elles leur ordonnèrent de marcher jusqu'à la clôture de barbelés. Là, devant elles, des prisonniers récupéraient des excréments à la pelle. Des SS les poussaient dedans par simple plaisir. Un des gardes, qui trouvait l'un des prisonniers

---

[13] L'un des plus grands camps d'extermination des juifs.

trop lent, lui avait maintenu la tête sous l'eau avec son pied, jusqu'à ce qu'il se noie. Les filles n'avaient pas le droit de détourner le regard. Les deux kapos les avaient bien averties :

— Si l'une de vous détourne le regard, on la tue sur-le-champ !

De l'autre côté de la clôture, Ethan aperçut Asclé. Cette prisonnière était nouvelle. Il ne l'avait encore jamais vue. Malgré la saleté qui la recouvrait, il était incapable de détacher son regard de cette jeune fille et il se demanda comment il pourrait l'aborder.

Asclé regardait de l'autre côté de la clôture. Elle n'avait pas remarqué qu'un garde l'observait, puisqu'elle fixait l'horizon en pensant à son petit frère, Alex. Il était là-bas, juste de l'autre côté, et en même temps si loin, si inaccessible. Elle savait qu'il n'était pas mort. Elle avait troqué de la nourriture en échange de renseignements. Il habitait la baraque numéro 8. Mais dans quel état était-il ? Par quel miracle avait-il échappé à la mort, alors qu'il était blessé ? Elle aurait donné cher pour le voir. Elle avait tout essayé, en vain. Personne ne l'avait autorisée à traverser les barbelés et, si jamais elle se faisait prendre, c'était la mort assurée. L'espoir de revoir son frère la maintenait en vie. Pour lui, elle allait se battre et passer à travers cette dure épreuve. Elle ferait tout ce qu'il faudrait pour.

Malheureusement, un jour, elle entendit parler d'enfants qui avaient été sélectionnés pour être tués. Himmler, qui était venu au camp, avait décidé d'éliminer des bouches à nourrir. Les hommes de la baraque 8 avaient tout fait pour protéger un maximum d'enfants, mais le chef des SS était intraitable. De peur que son frère ait été choisi, Asclé se faufila la nuit pour essayer de voir ce qui allait se passer. Ethan, lui, avait justement décidé de se promener de ce côté du camp, car cette fille le hantait. Il avait une impression de déjà vu. Il devait à tout prix lui parler. Alors qu'il se promenait sur le terrain, persuadé d'être seul, il la vit courir vers les barbelés. Que faisait-elle ? Savait-elle que si un garde l'attrapait, il la fusillerait ? Il lui ordonna de s'arrêter, mais Asclé continua sa course. Il plongea à terre et l'attrapa au moment où les vigiles allumaient leurs projecteurs. Il la brusqua et la frappa plusieurs fois au visage en murmurant :

— Imprudente ! Ils vous auraient tuée !

— Je veux voir mon frère ! s'écria Asclé.

Il la traîna jusqu'à la baraque en la menaçant avec son arme. Puis, il la mena à l'arrière
du bâtiment.

— Ne criez pas, lui ordonna-t-il, je ne veux
pas être obligé de vous tuer !

Asclé le fixait. De toute façon, si son frère
mourait, elle n'aurait plus rien à perdre. Alors,
à quoi bon vivre ?

— Pour votre frère, dit-il, je vais voir ce que
je peux faire, mais promettez-moi de ne pas
recommencer. Je ne pourrai pas toujours vous
protéger.

Asclé n'en croyait pas ses oreilles.

— Vous m'avez tabassée, et maintenant vous
voulez me faire croire que vous me protégez ?

— Si je ne vous avais pas rudoyée, les vigiles
vous auraient achevée devant moi. J'aurais
même dû vous frapper plus fort, mais je n'en ai
pas été capable.

La jeune fille le regardait, surprise.

Elle ne savait franchement pas quoi
répondre. Elle ne pouvait pas faire confiance à
un SS. Pourtant, elle devait admettre qu'il avait
l'air sincère.

— Je vous donnerai des nouvelles de votre
frère. Comment s'appelle-t-il ?

— Alex ! Alex Bartel !

— S'il a été choisi pour l'élimination, je verrai ce que je peux faire. Je reviendrai vous voir demain.

Il l'embrassa maladroitement sur la joue. Elle ne bougea pas. Il la regarda. Pourquoi était-il si attiré par cette fille ? La folie s'était certainement emparée de lui. Il remit son arme dans son étui, puis il la prit par le bras et la ramena dans la baraque en la bousculant. Asclé se faufila à l'intérieur et grimpa jusqu'au troisième palier. La nuit serait courte, car l'appel ne tarderait plus. Elle s'étendit sur le dos en poussant quelques filles, qui avaient profité de son absence pour prendre un peu plus d'espace, et réfléchit à ce qui venait de lui arriver. Ce soldat avait quelque chose de particulier. Ses yeux ne lui étaient pas tout à fait inconnus. Elle n'avait encore jamais osé regarder un nazi en face. Ceux et celles qui l'avaient fait étaient morts. Elle soupira.

— Tu ne dors pas ? murmura tout à coup sa voisine, l'une des nouvelles arrivantes.

— Non, répondit simplement Asclé en se tournant vers la jeune fille.

— Moi, c'est Marianne ! se présenta celle-ci.

— Salut ! Moi, c'est Asclé. Il sera bientôt l'heure de se lever, tu sais, alors nous devrions dormir un peu, conseilla Asclé, même si elle savait qu'elle aurait du mal à trouver le sommeil tant elle s'inquiétait pour son frère.

Le lendemain matin, Ethan alla consulter la liste des enfants qui devaient être tués dans la journée. Le nom d'Alex Bartel était bien inscrit dans le nombre. Il soupira. Il s'empara d'un stylo et raya le nom, puis signa de ses initiales. Il était assez haut placé pour que ses décisions soient respectées, heureusement. Il déposa la tablette quand Ilse Koch s'approcha de lui.

— Alors, mon beau, on s'ennuie ? minauda-t-elle en lui caressant le visage.

Ilse Koch, l'épouse de Karl Koch, le commandant du camp, était surnommée la chienne de Buchenwald ou encore la sorcière, car son sadisme n'avait pas de limites : elle tuait pour le plaisir et adorait confectionner des objets en peau humaine. Elle aimait également séduire les gardes et était capable de faire abattre instantanément ceux d'entre eux qui détournaient le regard. Heureusement, elle n'avait pas vu qu'Ethan effaçait un enfant de la liste, car elle en aurait tué dix de plus juste pour se venger.

Au fond de lui, le jeune garde détestait cette femme dont la barbarie était sans bornes, mais il jouait le jeu, car il la savait très dangereuse. Toutefois, il ne put retenir un frisson quand elle lui passa la main dans le cou.

— Il fait froid, n'est-ce pas ? dit-elle.

Il acquiesça d'un signe de tête, espérant qu'Ilse s'en aille au plus vite. Par chance, le directeur de camp entra dans le bureau au même moment pour emmener sa femme dîner. Ilse partit donc en compagnie de son mari. Des cris provenant de l'extérieur amenèrent Ethan à regarder par la fenêtre. Quelqu'un criait son nom.

— Étienne ! Étienne !

Asclé tentait désespérément de le sortir de son rêve éveillé. Marianne, elle, n'avait pas eu de difficulté à revenir : elle avait ouvert les yeux dès qu'Asclé avait prononcé son nom. La jeune fille décida d'embrasser son amoureux. Alors, Étienne ouvrit un œil, puis l'autre.

— Ouf ! Merci de m'avoir sorti de là ! Quel cauchemar !

— Alors, raconte ! le pressa Asclé, qui portait des traces de coups sur le visage.

— Mais tu ne m'as pas reconnu ?

— Non !

— Voyons, Asclé, je suis...

Étienne avait honte. Aussi hésita-t-il. Les filles allaient sûrement le juger.

— Eh bien ? Tu n'es pas tout à fait revenu ou quoi ? questionna Marianne.

— Princesse, s'il te plaît, ne me pousse pas !

— Ça va ! Tu ne sais même pas ce que j'ai vécu, alors...

— Je sais, oui, bon, ça va. J'ai juste très honte de dire que j'étais...

— Quoi ? Qui étais-tu ?

— Asclé ! Souviens-toi du gars que tu as rencontré. Tu n'en as vu qu'un seul et c'était moi.

Étienne baissa les yeux pendant qu'Asclé, elle, les ouvrait très grand :

— Tu... tu...

— Oui !

— C'était toi ?

— Quelqu'un peut m'expliquer ce qui se passe ? Vous savez, j'existe ! s'écria Marianne.

Asclé était sous le choc, incapable de répondre à sa meilleure amie.

— Dis-lui ! ordonna Asclé à Étienne.

— Non, toi, dis-lui !

— Bon, puisque c'est comme ça, je m'en vais. Il commence à être très tard de toute façon, râla Marianne.

— Non, reste! la rattrapa Asclé. Marianne, j'ai parlé avec Étienne dans mon autre vie. C'était un SS.

— Quoi? s'énerva Marianne. Étienne, un SS? C'est impossible!

— Était un SS! insista Étienne, horriblement mal à l'aise. Moi non plus, je n'ai pas pu le croire. J'ai voulu revenir, mais j'ai été aspiré. Je n'y peux rien, c'est fait, c'est déjà passé. Ethan! Je m'appelais Ethan et j'ai été un assassin, un meurtrier, vous vous rendez compte?

Les filles ne savaient pas quoi dire.

— Ça va aller, répondit Asclé en le serrant dans ses bras. Bon, il se fait tard.

Alors qu'Asclé prononçait ses mots, sa mère ouvrit la porte de la chambre et dit justement, en se raclant la gorge:

— Je pense qu'il se fait tard.

— Oui, maman, c'est ce que je disais. Ils s'en vont.

— Bonjour, madame Laplante, la saluèrent Étienne et Marianne.

— Bonsoir! dit celle-ci avant de tourner les talons et de se diriger vers sa chambre.

— Crois-tu qu'elle nous a vus en transe? s'inquiéta Marianne.

— Non, je ne le pense pas. Elle nous aurait sûrement réveillés.

— Bon, allons-y, Princesse, je te reconduis. Asclé, si tu as des nouvelles de Marie-Rose demain, tu nous appelles, O.K.?

— Pas de problème!

— Pas d'école demain, c'est le bonheur! se réjouit Marianne.

— Ouais, mais je travaille, moi, répliqua Étienne. Vous savez où me trouver.

— On ira te chercher, lui promit Asclé.

— D'accord.

Asclé les accompagna jusqu'à la porte d'entrée et les salua. De retour dans sa chambre, elle alluma son ordinateur, il fallait qu'elle finisse sa recherche sur le camp de Buchenwald. Elle trouva quelques photos et, en l'espace d'un instant, elle replongea dans le passé.

PAYER SON DÛ

Le devoir est une série d'acceptations.
Victor Hugo, *Les travailleurs de la mer*

Québec.

Lili avait décidé de travailler à l'Hôpital Général des Sœurs de la Charité de Québec. Ainsi, elle pourrait payer son accouchement. Elle travaillerait pendant sa grossesse et encore quelques mois après. Ensuite, elle verrait bien ce qu'elle ferait. Elle n'avait finalement pas réussi à en parler à ses parents. Assise au bord de son lit, à côté de sa valise, elle mit la main sur son ventre. Elle venait de ressentir les premiers mouvements du bébé, à moins qu'elle n'ait rêvé. Elle se concentra un peu plus. Elle sentit une deuxième petite secousse dans son ventre. Elle sourit, ferma les yeux et pensa à Henri. Elle ne regrettait pas de lui avoir caché sa grossesse. Il aurait été encore plus déchiré de devoir partir. Enfin, c'est ce que pensait Lili. Elle l'attendrait avec son enfant. Son père frappa alors à la porte.

— Es-tu prête, Lili ?

— Oui, j'arrive.

Elle se leva et alla ouvrir à son père. Celui-ci alla jusqu'au lit et attrapa la valise de sa fille.

— J'suis bien content que tu deviennes infirmière. Ta mère est en bas à te préparer quelques petites choses.

La jeune fille descendit l'escalier et alla rejoindre sa mère dans la cuisine. Elle avait de la difficulté à la regarder dans les yeux. Elle avait peur que cette dernière comprenne ce qui se passait. Les mères ne devinent-elles pas toujours ce que cachent leurs enfants ? Quelquefois, elles font semblant de ne pas savoir pour leur faire plaisir ou pour ne pas les inquiéter, mais elles les connaissent si bien. Sa mère avait préparé du sucre à la crème.

— Oh, merci ! s'exclama Elisabeth.

— Tu sais, ma fille, chez les sœurs, il n'y a pas beaucoup de sucreries.

Lili rigola.

— De toute façon, je n'aime que ton sucre à la crème.

Les mères savent aussi quand leurs enfants mentent pour leur faire plaisir, mais celle de Lili se tut et accepta le compliment.

— Je savais que cela arriverait... Je savais qu'un jour tu partirais, mais ce jour est venu trop vite, dit-elle.

— *Maman, je reviendrai, je serai pas loin d'icitte.*

— *Oui, mais tu seras plus ici.*

Tandis que mère et fille s'étreignaient affectueusement, le père de Lili arriva.

— *Bon, ma belle Lili, y faut y aller.*

— *O.K., je suis prête.*

Elle attrapa la boîte en métal remplie de gourmandises et salua une dernière fois sa mère. Elle aurait aimé lui dire qu'elle attendait un enfant, mais c'était impossible.

— *Papa, peut-on arrêter à la poste ?*

— *Oui, bien sûr.*

Elle avait écrit une lettre à Henri et espérait que celle-ci lui arriverait et qu'ainsi, il aurait de ses nouvelles.

« Cher Henri,
Aujourd'hui, je pars vivre avec les Sœurs de la Charité de Québec, j'irai aider à l'hôpital. Bien que je la sente triste, ma mère est d'accord. Mon père est fier que je choisisse le métier d'infirmière. J'ai choisi d'occuper mon temps à aider les autres. En m'occupant de la souffrance des autres, je penserai moins à la peine causée par ton départ. Ton absence est douloureuse, aussi je prierai pour toi et pour moi. Pour que tu trouves la force de

passer à travers cette épreuve et que je puisse moi aussi être forte dans cette séparation. L'amour que je ressens pour toi grandira en moi.

Je t'aime et pense à toi très fort.

Ta Lili XXX

Voici ma nouvelle adresse :

945, rue des Sœurs de la Charité, Québec. »

Elle referma l'enveloppe, y colla un timbre, puis y déposa un baiser avant de la laisser aux mains de la postière.

Elle alla rejoindre son père et, ensemble, ils marchèrent vers sa nouvelle demeure.

16

LA DÉSINFECTION

Pour échapper à la souffrance, le plus souvent,
on se réfugie dans l'avenir. Sur la piste du temps,
on imagine une ligne au-delà de laquelle
la souffrance présente cessera d'exister.
Milan Kundera, *L'insoutenable légèreté de l'être*

La nuit était tombée depuis longtemps sur Montréal. On aurait facilement pu croire qu'Asclé dormait, mais elle se trouvait en réalité très loin de sa chambre.

L'appel avait eu lieu à quatre heures du matin. Ensuite, les filles avaient reçu leur ration de nourriture : un semblant de café noir sans sucre et un bouillon gris. Depuis sa capture, Asclé avait perdu dix kilos ; elle qui était déjà chétive avait maintenant un air squelettique. Aujourd'hui, c'était le jour de la désinfection au zyklon B. Toutes les détenues devaient se déshabiller et attendre à l'extérieur qu'on vaporise la baraque qu'elles occupaient, ainsi que tous leurs vêtements. Asclé s'occupait de la désinfection du linge. Marianne vint la voir.

— Je t'en prie, lui dit-elle, laisse cette vieille femme garder ses vêtements, sinon elle mourra de froid.

Asclé regarda la femme dont parlait Marianne et constata qu'elle avait raison. Il ne lui restait sans doute plus beaucoup de temps à vivre. Asclé lui permit donc de garder ses vêtements. La vieille femme la remercia et sortit avec les autres. Suzan, la kapo, entra dans la baraque et apostropha aussitôt Asclé.

— Comme ça, on fait du favoritisme !

La jeune fille ne saisit pas immédiatement le sens de ses paroles.

— Pourquoi la vieille a-t-elle gardé ses vêtements ? insista la kapo d'un ton menaçant.

— Elle a de la difficulté à supporter le froid.

— Et alors ? Si elle meurt, on la remplacera. Pas question de changer les règles.

Asclé baissa la tête.

— Sors ! lui commanda la kapo. Je vais montrer aux autres ce qui arrive quand on n'écoute pas Suzan.

La jeune fille savait très bien que supplier ne servirait qu'à augmenter le plaisir de cette sadique. Aussi sortit-elle en silence. La kapo attrapa son fouet.

— Mesdemoiselles, je vais vous offrir un spectacle qui, je l'espère, vous réchauffera.

Suzan attacha Asclé à la clôture. Elle fit d'abord claquer son fouet sur le sol, puis elle prit de l'élan et le lança sur Asclé de toutes ses forces. Lorsque le fouet mordit la chair de la jeune fille, celle-ci encaissa le choc en se mordant les lèvres jusqu'au sang.

— Celle qui détournera le regard d'Asclé viendra lui tenir compagnie! cria la kapo, enragée.

Elle se retourna et continua à fouetter Asclé sans relâche, jusqu'à ce qu'un SS se pointe. C'était Ethan.

— Arrête, lui ordonna-t-il. Je vais m'en occuper.

Croyant qu'il voulait la tuer, Suzan protesta:

— Je ne faisais que lui donner une leçon. Habituellement, elle travaille bien.

Ethan ne prit même pas la peine de regarder la responsable du groupe de femmes. Il détacha Asclé et l'emmena dans un des bâtiments collés aux baraques. Il dut la soutenir pour qu'elle ne s'affaisse pas sur le sol. Il l'enveloppa dans une couverture. Asclé était tellement faible qu'elle faillit s'évanouir.

— J'ai eu des nouvelles de ton frère, dit Ethan en l'aidant à s'asseoir.

— Alex? demanda en grimaçant de douleur la jeune femme. Vous l'avez vu?

— Oui, et je lui ai promis que je t'en parlerais.

— *Alex*, murmura Asclé avant de perdre connaissance.

Ethan alla chercher un peu d'eau pour faire boire la jeune fille. Elle rouvrit les yeux. Tous les prisonniers souffraient terriblement de la soif. Plusieurs se résignaient à boire leur urine pour ne pas mourir. Asclé, comme tous les autres, était déshydratée. Elle regarda le garde. Elle ne comprenait toujours pas pourquoi il la traitait si bien. Peut-être n'y avait-il rien à comprendre ?

— *Tu vas devoir retourner dans ta baraque, elles ont certainement terminé la désinfection. Écris un mot à ton frère et je le lui porterai.*

— *Mon frère ne sait pas lire.*

— *Il y a des hommes qui s'occupent des enfants, là-bas. Il y en a même qui ont organisé des classes. Ils le lui liront.*

Asclé approuva.

— *Je me trouverai du papier.*

— *Voici un morceau de papier. Il faudra te débrouiller pour obtenir un crayon.*

— *Je donnerai mon pain ce soir contre un bout de crayon.*

Ethan la mit debout et l'aida à marcher.

— *Pourquoi faites-vous cela ?* lui demanda-t-elle.

— Je ne sais pas, répondit-il.

Elle resta étonnée de la réponse. Il s'approcha et lui déposa un baiser sur les lèvres avant d'ouvrir la porte.

— Je vais devoir te brutaliser un peu, pour que ça reste crédible. Pardonne-moi.

Une fois à l'extérieur, il la poussa devant lui. Elle avança le pied juste à temps pour ne pas tomber. Quand elle retrouva son équilibre, elle vit le garde s'éloigner à grands pas sans se retourner. À l'intérieur de la baraque, Suzan l'attendait.

« Asclé ! »

— Asclé ! Asclé !

Sa mère essayait de la réveiller.

— Tu as un appel !

La jeune fille émergea lentement de son autre vie. Elle avait passé la nuit là-bas, et cela lui donnait l'impression de ne pas avoir dormi du tout. Elle avait soif et son dos la faisait terriblement souffrir. Elle devait encore avoir des marques partout. Il fallait surtout qu'elle s'applique à rester sur le dos pour que sa mère ne les voie pas.

— Je le prends, maman !

Sa mère restait dans l'encadrement de la porte, l'air soucieuse.

— Tu as un drôle d'air, toi...

— C'est que j'étais endormie, c'est tout !

Elle se redressa sur ses coudes en grimaçant de douleur et attrapa le téléphone que sa mère lui tendait. Elle fit un petit signe pour être seule. Sa mère s'en alla donc à la cuisine.

— Allô ! fit Asclé, après s'être éclairci la voix.

— Bonjour, chérie !

— Ah, bonjour, Marie-Rose.

— J'ai une bonne nouvelle. Je vous ai trouvé un pilote.

— Super génial !

— Mais j'ai aussi une moins bonne nouvelle.

— Oh ?

— Oui, enfin, c'est le même pilote qui emmènera toute ta classe en Allemagne.

— Quoi, mais comment est-ce possible ?

— Quand je l'ai contacté, il m'a dit que cela tombait bien parce qu'il y allait déjà ! Et tu sais quoi ? Je pense que ça doit se passer ainsi.

— Mais monsieur Sizan refusera qu'on y aille. Vous n'avez pas idée de ce qu'il nous fait endurer, à Marianne et à moi.

— Oui, je t'ai écoutée hier, mais je crois que c'est mieux comme ça. J'ai appelé Doña Paz et elle est d'accord avec moi. En passant, elle m'a dit que, pour comprendre, Étienne devait résoudre l'énigme.

— Ouais… La fameuse énigme… murmura Asclé.

— Vous partez donc dans trois jours. J'irais bien avec vous, mais je ne le peux pas.

Asclé soupira.

— Avez-vous une réunion d'information à l'école avant de partir ?

— Oui, lundi !

— Bon, eh bien, je crois que vous devriez y aller et mettre tout ça au clair avec votre enseignant d'histoire.

— Il n'est pas commode.

— Je vous connais et je sais que vous réussirez cette fois encore. Je ne suis même pas inquiète.

— Eh bien, c'est intéressant à entendre. parce que moi, je le suis. Pouvez-vous vous imaginer la vie dans un camp de concentration ?

— À vrai dire, non, mais ça doit être affreux !

— Le terme est faible !

— Vous me raconterez tout ça à votre retour. Je vous inviterai à souper la semaine prochaine.

— Vous êtes vraiment optimiste !

— Mais ma chère, il faut l'être. Sinon, à quoi bon vivre ? Si tu pars en ayant la conviction que tu échoueras, mieux vaut ne pas partir, car tu échoueras certainement. Il y a une phrase qui m'a beaucoup touchée. Voyons voir, c'était dans le film *Le Roi Arthur*, je crois. Lorsque le roi demanda à Lancelot comment il avait pu réussir là où tous les autres avaient échoué, celui-ci lui répondit : « Il ne faut jamais se soucier de s'en sortir vivant ! » C'est une phrase à retenir, n'est-ce pas ?

— Mais oui, ne jamais me soucier de m'en sortir vivante ! C'est très encourageant.

— Ça m'a fait plaisir ! Allez, bon courage ! On se voit la semaine prochaine !

— C'est ça ! À bientôt ! la salua Asclé.

Asclé comprenait très bien pourquoi Marie-Rose et Doña Paz étaient amies : elles étaient folles toutes les deux. Elle venait à peine de raccrocher, que le téléphone sonna de nouveau.

— Je réponds ! cria Asclé à l'attention de sa mère. Oui, allô !

— Salut ! dit Marianne. Du nouveau ?

— Oui, on part !

— Vraiment génial !

— Tu n'as pas idée ! On part avec monsieur Sizan et la classe !

— Comment ça ?

— Arrive et je t'explique !

— Bon, attends-moi !

— À plus !

Asclé déposa le téléphone. Dans quel pétrin allaient-ils encore se mettre ? Elle regarda son miroir magique maya et l'empoigna. « Je compte sur toi », lui confia-t-elle.

LA NAISSANCE D'UN MONSTRE

Deux choses me remplissent d'horreur,
le bourreau en moi et la hache au-dessus de moi.
Stig Dagerman, *L'île des condamnés*

Il ne lui restait plus que la fin de semaine. Il avait déjà failli commettre des actes horribles, mais il n'avait jamais eu le courage d'aller jusqu'au bout. Depuis son enfance, il n'avait connu que du mépris. La plupart des filles le regardaient avec dégoût. Jusqu'à présent, il avait toujours évité de poser le geste fatal. Il se souvenait des disputes entre sa mère et son père, mais surtout de la haine de sa mère à son égard. Elle lui avait toujours dit qu'elle le haïssait. Elle aurait aimé avoir une fille et ne lui avait pas pardonné d'être un garçon. «Tous les garçons sont des pervers!» répétait-elle à longueur de journée. Elle l'avait enfermé toute son enfance dans sa chambre. Interdiction catégorique de sortir. Il n'avait jamais eu d'ami. Il n'avait même jamais fêté son anniversaire. Sa mère disait qu'on ne fêtait pas une catastrophe. Dans sa chambre, il n'avait qu'un petit soldat de bois pour jouer.

Sa mère posait son assiette sur le bureau de sa chambre, et il avait un seau pour faire ses besoins. Quelquefois, il avait un chien pour lui tenir compagnie, mais il ne le gardait jamais longtemps, à cause de son père...

Un voisin avait déclaré à la police qu'il y avait un enfant enfermé dans la maison d'à côté. Ce même voisin avait essayé de parler à ses parents. Il leur avait dit qu'un enfant devait sortir à l'extérieur et jouer avec d'autres jeunes. Ses parents avaient conseillé au voisin de se mêler de ses affaires. Comme son père était un homme violent, le voisin n'avait pas insisté. Les gens de la rue le craignaient. Un jour, pourtant, ses parents eurent la surprise de voir débarquer les gens de la protection de l'enfance. Ces derniers ordonnèrent que l'enfant aille à l'école. Cela avait déjà pris du temps pour qu'il sache parler. À l'école, les petits s'étaient moqués de lui et les professeurs, malgré toute leur bonne volonté, n'avaient pu réparer cette humiliation. Il avait été battu plus d'une fois, et son père recommençait souvent, furieux, en lui criant qu'il devait apprendre à se défendre. Sa mère, quant à elle, lui crachait au visage et lui répétait qu'il n'était qu'un monstre. Petit à petit, il avait fini par la croire et il en était devenu un. Jusqu'à maintenant, il s'était retenu, car ses plans n'étaient pas encore au point et qu'il ne voulait pas être attrapé par la police. Mais là-bas, en Allemagne, il trouverait la force et le courage de devenir un SS. Il espérait pouvoir sauver Étienne. Peut-être le jeune homme accepterait-il de réanimer le mouvement nazi avec lui? Il le savait courageux et n'avait rien contre lui. Tout dépendrait de la bonne volonté qu'il mettrait à coopérer.

L'HOROSCOPE L'AVAIT PRÉDIT

Point besoin d'astrologues, de chiromanciens ni d'horoscopes pour entrevoir ce que notre vie sera. Elle se lit en nous.
Shashi Deshpande, *Question de temps*

Marianne était arrivée chez son amie en courant, énervée par la nouvelle. Asclé lui avait alors proposé d'aller marcher, et elles se promenaient maintenant dans les rues de Montréal.

— Bon, explique-moi encore, je crois que je n'ai pas bien saisi! lança Marianne.

— On doit aller en Allemagne avec le groupe comme c'était prévu au départ.

— Mais n'as-tu pas dit à Marie-Rose que c'était impossible? Jamais monsieur Sizan n'acceptera de nous emmener.

— Elle m'a répondu qu'Étienne devait à tout prix résoudre l'énigme.

— Comment? Il ne l'a pas encore résolue!

— Je ne le crois pas. Tu sais, avec tout ce qui s'est passé...

— Mais si elle dit que c'est une urgence, alors c'est une urgence!

— Je sais. Nous devrions aller chercher Étienne et nous rendre chez lui. S'il ne réussit pas, peut-être que son grand-père pourra nous aider.

— Pas bête ! approuva Marianne. Au fait, as-tu lu ton horoscope cette semaine ?

— Non ! Tu sais bien que je ne m'intéresse pas à ça.

— Je sais, c'est pour ça que je m'y intéresse pour toi !

— Marianne, ce sont des sottises ! Tu perds ton temps.

— C'est mon temps, comme tu le dis, et j'en fais ce qui me tente !

Elle sortit une revue de son sac et la déploya devant son amie.

— Étienne et toi aurez une semaine éprouvante. De rudes épreuves vous attendent. Côté amour, vous reprenez doucement une relation épineuse.

— C'est n'importe quoi !

— Écoute, ce n'est pas fini. Santé : de gros ennuis vous attendent si vous ne mangez pas correctement.

— Marianne, épargne-moi le reste. Tu veilles sur moi, alors je te fais confiance.

La jeune fille rangea la revue dans son sac.

— Moi, je trouve que c'est utile.

— Mais qu'est-ce que ça m'apporte et, surtout, qu'est-ce que ça t'apporte ?

— Je sais d'avance que ce sera une semaine éprouvante.

— Avais-tu vraiment besoin de cette revue pour en être certaine ?

Marianne se mordit la lèvre.

— Non ! Mais ça le confirme !

Asclé soupira.

— Je crois qu'il est l'heure d'aller chercher notre sauveteur à son travail.

— Déjà ? Aïe ! J'ai peur que mardi arrive trop vite !

— J'en ai peur aussi, j'avoue.

Elles firent le reste du trajet en silence.

Quand elles arrivèrent à la porte d'entrée de la piscine, Étienne les attendait.

— Eh bien, c'est pas trop tôt ! dit-il en embrassant Asclé tendrement. Bonjour, Princesse !

— Tu ne sais pas encore la nouvelle ? répondit celle-ci en guise de salut.

— Non ! Que se passe-t-il ?

Les filles mirent Étienne au courant de la situation, puis il se dirigèrent tous les trois vers son appartement.

— C'est moi, grand-père! dit le jeune homme en arrivant chez lui.

— Oh! Salut, les jeunes! Je ne reste pas. J'ai une rencontre, mais servez-vous si vous avez faim, il y a ce qu'il faut dans le réfrigérateur.

— Merci, grand-père!

— Bonne journée, monsieur Hénault! lancèrent Asclé et Marianne en même temps.

— Bonne journée, les jeunes!

Étienne emmena ses amies dans sa chambre.

— J'ai presque résolu l'énigme, annonça-t-il.

— Presque, ça ne suffit pas! s'énerva Marianne.

— Du calme, Princesse! On va réussir.

— Avant cela, j'aimerais qu'on retourne ensemble dans le camp, proposa Asclé.

Marianne et Étienne eurent la même hésitation: ils n'avaient pas du tout aimé leur expérience.

— Je sais que je vous demande beaucoup, mais plus on connaîtra la vie dans les camps et les rôles qu'on y a joués, plus on sera capables d'affronter ce qui s'en vient.

Les deux amis réfléchissaient toujours. Étienne était bien d'accord avec son amoureuse, mais il n'avait pas du tout envie de retourner voir ce qu'il avait fait subir aux autres. Asclé le vit dans ses yeux et tenta tout de même de le convaincre.

— Je sais que ce n'est pas facile, Étienne, mais tu pourras apprendre des choses que nous ne découvrirons jamais autrement. Et toi, Marianne, tu dois aussi faire ta part. Quand je ne suis pas avec toi, tu vois autre chose, tu as donc une autre perception des événements.

— Asclé! lança Marianne. Tu m'énerves! J'accepte, mais je ne m'en sens pas la force.

Étienne s'était laissé tomber sur le lit. La main sur le front, il regardait sa bien-aimée.

— C'est bien parce que c'est toi!

Elle l'embrassa en le remerciant.

— Je regrette déjà d'avoir dit oui, répliqua-t-il en s'assoyant.

— Vous vous rappelez comment on avait procédé? demanda Asclé.

— Oui, répondirent-ils.

— Eh bien, on va agir différemment cette fois-ci.

— Pourquoi? s'inquiéta Marianne.

— Oui, pourquoi changer une formule gagnante? renchérit Étienne.

Sans leur répondre, Asclé fouilla dans son sac à dos et en sortit un objet emballé dans un linge noir.

— Qu'est-ce que c'est que ça, encore ? interrogea Étienne.

— Un instant, vous allez voir ! C'est un miroir noir.

La jeune fille sortit un morceau de verre peint en noir.

— Je l'ai fait pour vous.

— Comme c'est gentil ! ironisa Marianne.

— Je le dépose et la seule chose que nous ayons à faire, c'est de regarder dedans jusqu'à ce que nos autres vies nous apparaissent. J'ai pensé que vous vous sentiriez moins seuls ainsi.

— Eh bien, je ne suis pas certain que cela me sécurise, mais bon, je vais essayer, marmonna Étienne.

Les trois compagnons, assis en cercle autour du miroir noir, respirèrent profondément.

— Ça me fait penser au Ouija[14], dit Marianne. J'ai un peu peur.

— Tu n'as rien à craindre, il n'y a pas d'esprit dans le miroir, la rassura Asclé.

---

[14] Le Ouija est une tablette en bois qui permet de communiquer avec les esprits.

— Pas d'esprit, oui, mais des **SS** prêts à vous assassiner. Ça devrait tous nous rassurer, hein ? ajouta Étienne.

— Arrête ! s'écria Marianne. Je suis déjà à un doigt de m'en aller.

— Avec la longueur de tes ongles, je dirais plutôt que ça fait deux doigts, la taquina Étienne.

— Je ne me gênerai pas pour me faire les ongles sur toi, lui promit-elle, agacée.

— Hou ! J'ai peur ! N'oublie pas que tu parles à un soldat allemand !

— Si tu me fais quoi que ce soit, je te jure que je te battrai au réveil.

— Je vais essayer de m'en souvenir.

— Pouvez-vous vous concentrer ? les interrompit Asclé. Ça commence à être fatigant !

— Et si on mettait de la musique ? suggéra Étienne.

— Non ! répondit Asclé. Tais-toi, ce sera déjà bien.

— Bon, d'accord ! Je me tais, mais il y a l'énigme, il ne faudrait pas l'oublier.

— On ne l'oublie pas ! Allez, tais-toi !

Ils réussirent enfin à accorder leurs souffles et à se concentrer sur le miroir. Peu à peu, des images leur apparurent et les trois amis furent entraînés dans leurs anciennes vies. Étienne manqua cependant de courage à la dernière minute et, au lieu de se plonger dans le corps d'Ethan, il atterrit au troisième étage de la baraque numéro 8.

Alors qu'il ouvrait lentement les yeux, il pensa être resté dans sa chambre. Il regarda ses vêtements, il portait toujours son chandail rouge de sauveteur à la piscine. Sourire en coin, il voulut se lever pour avertir les filles que cela n'avait pas fonctionné, mais en se redressant, il se cogna au plafond.

— Aïe !

Il se recoucha sur le dos et examina le plafond. Non ! Ce n'était pas possible ! Il se rappela avoir paniqué à l'idée d'entrer dans le corps d'un soldat SS qui rudoyait un prisonnier. Il avait voulu retourner en arrière, mais de toute évidence, il n'y était pas arrivé. Une voix d'enfant le fit sursauter. Il se tourna sur le côté et s'aperçut qu'un jeune garçon au visage barbouillé et aux joues creuses était en train de lui parler. Étienne restait paralysé. Le petit garçon répéta sa question.

— *Wer sind Sie ?*

— *Quoi ?*

— *Wer sind Sie ?*

— *Je suis désolé, petit, je ne comprends pas l'allemand.*

— *Qui vous êtes ? demanda le garçon en français, cette fois.*

Étienne se pinça et ferma les yeux très fortement.

— *Je veux retourner chez moi ! cria-t-il.*

— *Moi comprendre, dit le garçon, qui était en fait Alex. Moi aussi, veux retourner chez moi.*

— *Oh non, je ne suis pas sûr que tu comprennes ce qui m'arrive.*

L'enfant se mit à plat ventre.

— *Chut ! Toi, te cacher.*

— *Non, moi m'en aller ! répéta Étienne, qui ne savait pas quoi faire.*

Il referma les yeux et repensa au miroir noir. Jamais il n'aurait dû accepter de se prêter au jeu d'Asclé. Voilà où ça menait, de voyager dans le temps. Comment réussirait-il à partir ? La panique s'empara de lui.

— *Toi te cacher, soldat arrive.*

Au moment où Étienne allait parler, la porte de la baraque s'ouvrit brusquement. Le petit jeta une couverture sur la tête de l'inconnu et descendit du lit en bois.

Pendant ce temps, Asclé avait été accueillie par une bonne tape dans le dos de la part de la kapo. Elle faillit crier de douleur.

— Pas de temps à perdre, tu t'habilles et tu fais ce que tu as à faire.

Suzan lui lança son linge encore imprégné du produit de désinfection. Asclé savait que ses plaies, au contact du désinfectant, allaient la faire souffrir, mais elle ne laisserait aucun cri sortir de sa poitrine, il en allait de sa vie. Marianne s'approcha d'elle. La jeune fille aux longs cheveux blonds aida doucement Asclé à enfiler la chemise à rayures.

— Merci ! Aujourd'hui, c'est la visite de l'officier supérieur, celui qui décide qui est apte au travail et qui ne l'est plus, expliqua Asclé. Je me sens si faible... Je dois avoir l'air en forme.

— Tes cheveux repoussent tranquillement et tu as meilleure mine.

— Tu as de si beaux cheveux, chuchota Asclé, nostalgique. Allez, je dois trouver un crayon !

— Je pense que j'ai vu une fille dans l'autre baraque qui en cachait un, l'autre jour.

— Tu me la montreras ?

— Bien sûr !

À ce moment-là, un officier SS entra dans la baraque et ordonna aux prisonnières de se mettre en ligne. Asclé marcha péniblement jusqu'à l'extérieur.

Himmler se tenait face aux femmes ; il était accompagné d'un médecin, le docteur Hans Eisele. Celui-ci était là pour deux raisons. Il devait tout d'abord désigner les filles qu'il ne jugeait pas aptes à travailler dans l'usine de munitions. Deuxièmement, il recherchait une assistante pour la clinique des hommes. Le médecin examina les mains de toutes les filles et l'intérieur de leur bouche. Ensuite, il remit à Himmler la liste des numéros des filles à éliminer. Certaines filles appelées se jetèrent à genoux pour supplier qu'on les laisse essayer de travailler. Elles furent forcées de se relever. Asclé regarda ce triste spectacle. Heureusement, ni elle ni Marianne n'étaient de celles-là. Quand Himmler prit la parole et demanda si une fille avait de l'expérience comme infirmière, Asclé se dépêcha de lever la main. Ce n'était pas vrai, mais il y avait de gros avantages à travailler à l'intérieur, surtout l'hiver, alors elle fit semblant d'en savoir suffisamment. Le médecin s'approcha d'elle, l'examina de plus près et la choisit. Asclé se dit qu'elle échapperait à Suzan, la kapo meurtrière, et qu'elle pourrait peut-être se rapprocher son petit frère. Elle quitta Marianne en la saluant du regard et en lui souhaitant bonne chance pour son voyage jusqu'à l'usine de munitions. Depuis son arrivée au camp, Asclé n'avait jamais franchi la barrière de barbelés et elle ne savait pas du tout à quoi s'attendre. Elle marcha derrière le docteur Eisele jusqu'à la clinique. Son cœur se serra quand elle vit une vingtaine de morts nus et empilés à la vue de tous. Asclé mit la main sur sa bouche et sur son nez. Elle détourna les yeux. Le médecin rit en la voyant grimacer.

— Vous n'avez encore rien vu, jeune fille ! dit-il. Voilà la preuve que vous n'avez jamais été infirmière.

— Pourquoi m'avoir prise si vous le saviez ?

— Et pourquoi pas ? Vous vouliez vous échapper de là-bas. Eh bien, bienvenue en enfer ! lança-t-il en ouvrant la porte de la clinique où un prisonnier, qui subissait un traitement expérimental, hurlait de douleur.

Étienne était toujours caché sous la couverture quand, soudain, un officier qui faisait le tour des lits le trouva.

— Debout ! lui cria-t-il en allemand.

Le jeune homme souhaita de tout cœur perdre connaissance et revenir dans sa chambre. Mais il fut agrippé par son chandail et jeté en bas du lit superposé. Il atterrit sur le dos. Le souffle coupé, il n'arrivait plus à se relever, mais des coups de pied dans les côtes l'obligèrent à se redresser. L'attitude de l'officier ne trompait pas. Il allait le tuer mais, au moment où leurs regards se croisèrent, Étienne fut aspiré dans Ethan. L'officier SS fut alors pris d'un vertige. Avait-il eu une hallucination ? Il était certain d'avoir vu un homme. Il aurait même pu jurer l'avoir agrippé et fait tomber par terre. Pourtant, devant lui, il n'y avait plus personne. La pression et le travail au camp étaient en train de le rendre malade, c'était certain. La nuit, il se réveillait en transe, imaginant que des fantômes juifs le pourchassaient, et voilà que maintenant il faisait des rêves éveillés. Il avait vraiment besoin de repos. Il décida donc d'aller à la clinique demander des somnifères. À l'extérieur, il faisait froid. Allait-il neiger ? Il se dépêcha.

Il crut encore être victime d'une vision lorsqu'il aperçut Asclé suivre le médecin et entrer dans la clinique. Que faisait-elle ici?

Les filles étaient peu à peu revenues à la réalité. En effet, Étienne cria le prénom d'Asclé si fort qu'elle se réveilla d'un seul coup. Elle s'aperçut qu'Étienne, lui, était toujours là-bas. Elle tenta de le ramener dans la chambre. Marianne l'aida à le secouer.

— J'ai une idée! lança-t-elle.

Elle prit son sac à main et en sortit un parfum, dont elle aspergea Étienne. Celui-ci ouvrit les yeux et éternua.

— Wouach! Qu'est-ce que c'est que ça?

— Une façon de te faire revenir!

Étienne se leva et tenta de s'essuyer, mais des gouttes odorantes coulèrent dans ses yeux.

— Aïe, ça chauffe! Aïe, mes yeux!

— Du calme, arrête de te frotter!

— Ça va, Princesse, tu penses que je chiale pour rien? Tu me jettes du parfum sur le visage et tu me dis de me taire?

Asclé courut à la cuisine chercher un linge humide pour l'appliquer sur les yeux de son amoureux.

— Je ne retournerai plus jamais là-bas! cria-t-il. Plus jamais, tu m'entends, Asclé?

— Que s'est-il passé ? s'inquiéta-t-elle.

Étienne, encore sous le choc, leur raconta son histoire. Marianne le taquina.

— Tu as eu peur ! Tu peux t'en vouloir, car si tu n'avais pas eu la trouille, tout se serait bien passé !

— Parle pour toi, Princesse !

— Tu penses que c'est plus facile de se faire torturer ?

— Ça doit dépendre pour qui ! répliqua-t-il.

— Bon, ça suffit, il ne faut pas oublier qu'il faut absolument résoudre l'énigme, les stoppa Asclé.

— C'est vrai !

— Il ne me manque que la première réponse. Mon premier est un poème, ça peut être n'importe lequel, dit Étienne en sortant le papier de sa poche et en le tendant aux deux filles.

Asclé et Marianne découvrirent à leur tour les six devinettes que leur vieille amie leur avait concoctées.

Mon premier est dit d'un poème de quatorze vers.

Mon deuxième est quand on enlève « quel » à une personne…

Mon troisième est pour s'amuser.

Mon quatrième est une note de musique.

Mon cinquième est ce qu'un bébé fait après avoir bu.

Mon sixième est le masculin de « la ».

Mon tout concerne le professeur Sizan.

— Si Doña Paz parle d'un poème de quatorze vers, c'est qu'il y a une raison, lança Marianne, après avoir pris connaissance de l'énigme.

— As-tu un dictionnaire des synonymes ? demanda Asclé à Étienne.

— Non, mais j'ai mon ordinateur, attends…

Après une rapide recherche, il annonça à Asclé qu'il avait trouvé vingt-deux mots ayant le même sens que «poème».

— Tu n'as qu'à les essayer jusqu'à ce que la phrase fonctionne, déclara Asclé.

— Bon, allons-y ! Vers-qu'un-jeu-de-rôles ?

— Mais non, voyons ! répliqua Marianne.

— Minute, Princesse, j'ai droit à des essais. Ça pourrait être «chant», «chant qu'un» pour «chacun», qu'en pensez-vous ?

— Pas convaincue ! répondit Asclé. Essaie autre chose.

— Épigramme, élégie, sonnet... C'est ça! s'écria Étienne. C'est le mot « sonnet » pour « Ce-n'est-qu'un ...» Ce n'est qu'un jeu de rôles! Mais que veut-elle nous dire?

— Est-ce que ça aurait un lien avec monsieur Sizan? demanda Marianne.

— En tout cas, c'est ce que Doña Paz m'a dit.

— Il faudra en avoir le cœur net lundi, lors de la réunion d'informations. Il nous reste donc ce soir et demain pour élaborer un plan, rappela Étienne en tenant dans ses mains l'énigme à moitié résolue. À votre avis, c'est la fin ou le début de nos problèmes?

LE RAID

Pour parler de la guerre, il n'y a que des larmes.
Henriqueta Lisboa, *Un poète s'en fut en guerre*

Henri et Carl partagèrent le même avion avec quatre autres soldats. L'appareil comprenait sept mitrailleuses. L'ordre de décollage fut donné au pilote à deux heures trente du matin. L'équipage avait pour mission de bombarder une ville qui servait de repère aux nazis.

— Eh bien, c'est parti ! lança Henri en montant dans l'avion.

Carl fit un signe de croix avant de monter à son tour. Henri s'installa au poste de pilotage avec un autre soldat et Carl et les autres se placèrent derrière les mitrailleuses. On leur avait ordonné de lancer des bombes pour incendier toute la ville, malgré la présence de plusieurs hôpitaux qui soignaient bon nombre de réfugiés et de civils. L'avion décolla à l'heure dite avec six hommes à son bord. Plusieurs autres appareils décollèrent en même temps de l'Angleterre. La température était clémente et le ciel dégagé, ce qui facilita le vol jusqu'en Allemagne.

À l'approche de la cible, on pouvait apercevoir de nombreux incendies qui faisaient déjà rage. Le bombardier d'Henri et Carl amorça une descente, mais fut rapidement chassé par des avions ennemis. L'appareil fut touché et commença à descendre en chute libre. Certains membres de l'équipage furent tués par des tirs, mais Henri et Carl réussirent à sauter en parachute. Ils tombèrent dans un champ et trouvèrent refuge dans une grange.

— Ce n'est pas tout à fait comme ça que j'envisageais ma première sortie, dit Henri en enlevant le harnais qui le maintenait au parachute.

— Moi non plus ! Reste à espérer qu'on rencontrera des alliés demain, sinon qui sait ce qui nous arrivera.

À l'intérieur de la grange, il y avait des ballots de foin et quelques animaux. Deux vaches beuglèrent et le cheval hennit à la vue des étrangers. Henri et Carl s'installèrent sur la paille en essayant de se couvrir un peu, car la nuit était froide. Carl, qui ne trouvait pas le sommeil, commença à parler.

— T'as quelqu'un dans ta vie ?

— Oui, une belle brunette. Elle s'appelle Élisabeth. C'est ma Lili. Et toi ?

— Non, je n'ai pas de fille dans ma vie. Comment a-t-elle pris ton départ ?

— Difficilement, c'est certain ! J'espère la revoir. On voulait se marier.

La discussion se poursuivit jusqu'au matin. Au lever du soleil, les jeunes soldats ramassèrent leurs sacs, prêts à repartir. Malheureusement, lorsqu'ils sortirent de la grange, ils virent un homme approcher en compagnie de soldats allemands qui pointaient leurs armes dans leur direction. Les deux soldats canadiens lâchèrent aussitôt leurs sacs et levèrent leurs bras dans les airs en criant : « Ne tirez pas ! »

L'ENSEIGNANTE

*Le fait que les hommes tirent peu de profit
des leçons d'histoire est la leçon la plus importante
que l'Histoire nous enseigne.*
Aldous Huxley, *Collected Essays*

Le lundi matin arriva à une vitesse folle. Les trois amis avaient décidé d'arriver à l'école ensemble pour pouvoir se défendre si d'autres étudiants les harcelaient. Mais personne ne fit attention à eux. Ils allèrent donc en cours d'histoire. Monsieur Sizan n'était pas là. Asclé, Marianne et Étienne s'assirent à leurs bureaux. Ils étaient tous les trois nerveux à l'idée de faire face à leur enseignant. Lorsque la cloche sonna, une femme qu'ils ne connaissaient pas entra dans la salle. Elle posa ses affaires sur le bureau de l'enseignant. Puis, elle alluma l'ordinateur de la salle. Jamais encore le professeur Sizan ne l'avait utilisé. D'ailleurs, il n'y avait que deux écrans comme celui-ci dans toute l'école, et peu d'enseignants se sentaient à l'aise avec ce nouveau matériel. Mais les nouvelles technologies ne faisaient pas peur à cette femme. Elle s'empara du stylet et commença à écrire : « Je m'appelle Marthe Lachance et je suis votre enseignante en histoire. » Elle se retourna vers la classe et décida enfin de parler.

— Bonjour à tous ! Comme je viens de l'écrire, je suis Marthe Lachance, votre enseignante en histoire.

Des chuchotements se firent entendre. Que s'était-il passé avec le professeur Sizan ? L'enseignante fit taire les élèves et poursuivit.

— Avant que vous ne me posiez tous la même question, mettons certaines choses au clair. Pour expliquer ce qui s'est passé, j'aimerais inviter monsieur Marc Leclair à se joindre à nous.

Les chuchotements augmentèrent quand la porte s'ouvrit et que le professeur Sizan entra dans la classe.

— Bonjour ! dit celui-ci.

— Mais... dit Asclé.

— Mademoiselle, laissez-nous vous expliquer, suggéra madame Lachance.

— Je vous présente monsieur Marc Leclair. Cet homme, qui s'est fait passer pour le professeur Sizan, souhaitait vous faire vivre une expérience particulière. Écoutez bien ce qu'il va vous dire, car je vous en reparlerai au retour de votre voyage en Allemagne et vous donnerai un examen sur le sujet. Je lui cède la parole.

— Eh bien, bonjour.

Il regarda particulièrement Asclé et lui sourit gentiment. La jeune fille, encore méfiante, croisa ses bras contre sa poitrine. Marc s'assit sur le bureau avant de prendre la parole.

— J'ai connu Marthe alors que nous étions à l'université, nous avons étudié ensemble. Elle a pris le chemin de l'enseignement et moi, celui de la recherche et de l'écriture. L'année passée, nous nous sommes revus à un congrès et elle m'a parlé d'un voyage en Allemagne qu'elle avait l'intention de faire avec ses élèves. Elle avait le souci de vous apprendre ce qui s'est passé pendant la Seconde Guerre mondiale dans les camps de concentration, mais aussi de vous expliquer comment on peut vouloir éliminer toute une population de gens. Alors, je lui ai proposé de vous faire vivre, en partie, l'injustice et les agressions que les juifs, les homosexuels, les handicapés, les gitans et bien d'autres ont subies. Bien sûr, je ne pouvais pas aller jusqu'à vous torturer, mais...

— Nous faire porter des chandails violet et jaune, c'était donc de la torture ? rétorqua Marianne, presque souriante.

— C'était pour faire le lien avec l'étoile jaune que les Allemands obligeaient les juifs à porter.

— Si je comprends bien, commenta Asclé, c'était une comédie.

— Oui, c'était un jeu de rôles pour vous faire un peu ressentir ce que ces personnes, qui ont été la cible des nazis, ont vécu. Je sais, Asclé, que je t'ai particulièrement agacée, mais je savais que tu avais la force nécessaire pour le supporter. Et notamment la vidéo qui t'accusait, à tort, de voler dans le sac d'un autre élève.

— Mais quel était le lien ? demanda Étienne.

— Les nazis ont dû convaincre la population allemande du bien-fondé de leur politique et ont donc réalisé des films où l'on voyait des juifs agresser de pauvres Allemandes sans défense. Il n'en fallait pas plus pour que les Allemands haïssent les juifs, et ces derniers ont été harcelés et parfois même battus par d'anciens amis. Cela s'appelle de la propagande.

— Et d'où vient le nom « Sizan » ? voulut savoir un autre élève.

— Ah, ça ! Ce n'est pas très original, mais c'est le mot « nazis » écrit à l'envers.

Étonnés par ce qu'ils venaient d'apprendre, tous les élèves se mirent à parler entre eux.

— Silence ! ordonna Marthe Lachance. J'aimerais que l'on fasse un cercle de discussion et que chaque élève qui le désire raconte comment il a vécu cette expérience. Si vous avez des questions, Marc se fera un plaisir d'y répondre.

Asclé leva la main pour prendre la parole.

— Allez-vous nous accompagner en Allemagne ? demanda-t-elle à Marc Leclair.

— Si vous voulez encore de moi après ce que je vous ai fait subir.

— Euh… oui, maintenant on comprend ! Mais vous avez été cruel et très injuste, répondit Asclé.

— C'était pour la bonne cause. Vous avez pu vivre l'injustice et l'intrusion dans vos vies personnelles. Par exemple, quand je me suis emparé du mot écrit par Étienne à Asclé, je n'ai pas vraiment lu ce qui était écrit, j'ai inventé, mais c'était pour vous donner une bonne idée de la guerre. Quand elle éclate, les gens perdent leur vie privée, leur toit, des êtres chers, leur goût de vivre. La guerre, c'est une série de pertes énormes. Ce ne sont pas simplement des chiffres sur du papier. Et c'est cela que j'avais envie de faire passer.

— Eh bien, bravo ! Mission accomplie ! le félicita Étienne. Au début, quand Asclé a critiqué votre comportement, je ne l'ai pas comprise, je vous aimais bien.

— Oui, bien entendu, car tu n'étais pas touché par l'injustice, je t'avais même avantagé. Quand on a commencé à enlever les commerces aux juifs pour les donner aux Allemands, est-ce que vous pensez que les Allemands ont trouvé cela injuste ? Non, la plupart étaient contents. C'est un peu ce que tu as vécu, quand j'ai privilégié les garçons aux dépens des filles. Mais plus j'étais injuste et plus je te forçais à prendre position. Vendredi, quand tu es sorti de la classe pour soutenir les filles, j'étais satisfait. Voyez-vous, certains Allemands ont caché des juifs quand ils ont vu la tournure des événements, mais ils couraient de gros risques.

Marthe Lachance prit la parole pour s'assurer que chacun puisse s'exprimer.

La discussion fut très animée, et les élèves en furent très heureux. Juste avant que la cloche ne sonne, Marthe leur rappela les règles du départ du lendemain.

— N'oubliez pas, demain, d'arriver plus tôt et d'aller déposer vos bagages dans la salle de conférence à côté du secrétariat. Vous irez à vos cours toute la journée comme d'habitude puis, à deux heures trente, l'autobus nous conduira à l'aéroport. Amenez de quoi souper, car l'attente risque d'être longue et les repas à l'aéroport coûtent très cher. Y a-t-il des questions?

Elle attendit quelques secondes. Il n'y en avait pas, de toute évidence. La cloche sonna et tous les élèves se levèrent et s'en allèrent, excités à l'idée de partir pour l'Allemagne le lendemain.

— Et puis? demanda Marthe Lachance à Marc Leclair. Comment as-tu trouvé leurs réactions?

Marc réfléchit quelques instants avant de répondre.

— Je pense qu'Asclé et Marianne m'ont en quelque sorte pardonné.

— Bien sûr! Je savais qu'elles passeraient à travers cette expérience, ce sont des filles de caractère.

— Étienne aussi a bien réagi.

— Oui, un beau garçon intelligent.

— Non, à vrai dire, la seule réaction qui m'inquiète, c'est celle de Rémi.

— Rémi Heinz?

— Oui, il n'a pas dit grand-chose, mais sa gestuelle démontrait une contrariété grandissante. Il n'avait pas l'air content de la tournure des événements.

— À bien y penser, tu as probablement raison. Il n'a pas beaucoup d'amis. Il est souvent seul et refuse qu'on l'aide.

— Pourtant, ajouta Marc, je sens qu'il tient réellement à ce voyage en Allemagne. Il est très renseigné sur le camp de Buchenwald. Je n'ai jamais pu le piéger avec mes questions.

— On ne peut pas lui en vouloir de s'intéresser à l'Histoire.

— C'est certain, mais quelque chose dans son comportement me chicote.

— Tu connais les jeunes, il suffit qu'il y en ait un qui soit différent pour qu'il soit harcelé. Sa timidité a déjà provoqué de nombreuses moqueries. Et je ne serais pas surprise qu'il ait perdu confiance en lui. D'ailleurs, il a été signalé à la protection de la jeunesse.

— Il est en centre d'accueil ? demanda Marc.

— Non, pas à ce que je sache, mais je crois que ses parents ne sont pas vraiment présents. Il est livré à lui-même. J'ai voulu prendre contact avec eux, mais je n'ai jamais eu de réponse.

— Pauvre enfant !

— Oui, on n'a pas tous la même chance.

Marthe ramassa ses affaires, ferma les lumières et raccompagna Marc jusqu'à la sortie. Elle pensa qu'il devait comprendre Rémi Heinz. Il avait eu, lui aussi, une enfance très difficile, mais il s'en était merveilleusement tiré. Pourvu que les élèves de la classe réussissent aussi bien.

21

MAUVAISE POSTURE

*Soumission. Patience dans l'inconfort,
mais dans l'espoir d'une revanche
qui en vaille la peine.*
Ambrose Bierce, *Le dictionnaire du Diable*

Étienne raccompagnait Asclé chez elle. Marianne, elle, devait travailler à l'épicerie ce soir. Ils marchaient sur le trottoir en se tenant par la main. Asclé regarda son amoureux, elle était heureuse d'être avec un garçon aussi bien.

— À quoi penses-tu ? lui demanda-t-il.

— Je te regarde et je pense que je suis heureuse et que je ne veux plus jamais te quitter.

Il se moqua et lui fit des grimaces.

— Je te trouve beau même quand tu fais des singeries.

Il s'arrêta et l'invita à s'asseoir sur un banc. Il lui mit tendrement la main dans le cou et l'embrassa. Soudain, les lèvres encore collées à elle, il la sentit faiblir, mais ne put rien faire, car il fut projeté avec elle dans son autre vie.

Ethan se dirigea vers la clinique. Une fois à l'intérieur, il fut soulagé de voir qu'il n'avait pas rêvé :

Asclé était bien là, devant lui. Les hurlements d'un blessé semblaient l'affecter terriblement. Le jeune homme demanda la permission au docteur Eisele de parler avec Asclé. La jeune fille tremblait de tous ses membres. Il l'emmena dans une autre salle de la clinique et ferma la porte.

— Que faites-vous ici ? lui demanda-t-il.

— Je me suis portée volontaire. Je voulais me rapprocher de mon frère.

— Et maintenant, le regrettez-vous ?

Asclé ne répondit pas.

— Je n'ai pas eu le temps d'écrire un mot à Alex, dit-elle enfin.

— Dépêchez-vous, alors, la pressa Ethan.

Il lui donna un autre bout de papier, attrapa un crayon sur le bureau et le lui tendit. La jeune fille s'efforça d'écrire du mieux possible, mais elle tremblait tellement que les lettres étaient à peine reconnaissables.

— C'est fait, dit-elle en rendant le papier au jeune garde.

Il mit le mot à l'intérieur de son veston. Il s'approcha d'elle et lui donna un baiser qu'elle ne refusa pas. Puis il recula et lui dit :

— Je vais frapper et renverser quelques affaires, je veux que vous criiez. Vous avez compris ?

Asclé fit signe que oui. Il renversa la chaise et frappa avec sa cravache sur la table d'examen en la regardant droit dans les yeux. Elle cria. Dans l'autre pièce, le docteur Eisele sourit en entendant les cris.

— Quand je sortirai, vous ramasserez ce que j'ai fait tomber, dit Ethan en rangeant sa cravache. Assurez-vous que quelqu'un vous voie et ayez l'air de souffrir.

— Je n'ai pas besoin de faire semblant.

Il s'en alla sans se retourner. Asclé, elle, le suivit des yeux. L'impression d'avoir un ange protecteur dans cet enfer la rassura. Mais elle faillit crier quand un jeune homme qu'elle ne connaissait pas sortit de sous le bureau. Il alla fermer la porte et se tourna vers elle.

— Asclé! Ne crie pas! chuchota Étienne, inquiet de voir son amie si malheureuse.

— Qui êtes-vous et comment savez-vous mon nom? répondit-elle en français.

— Je m'appelle Étienne.

Comment lui expliquer qu'il la connaissait dans une autre vie? Jamais elle ne le croirait, comme personne ici. Pourquoi n'avait-il pas eu le courage de rester dans le corps du SS? Probablement la honte. Il fuyait, mais cela ne

servait à rien. Maintenant, il avait l'air très intelligent comme ça, sorti d'une autre vie. Il fallait
qu'il mente, sinon elle appellerait au secours.

— Je me suis échappé, avança-t-il comme
excuse.

Ce n'était pas totalement un mensonge.
Il avait échappé à sa vie.

— On va vous tuer !

Même dans une autre vie, Asclé savait
toujours le réconforter ! Elle s'approcha de lui.

— Comment avez-vous réussi à garder vos
vêtements et à ne pas vous faire raser ?

« Vite, Étienne, pensa-t-il, trouve une expli-
cation. »

— Je me suis caché.

Elle fronça les sourcils.

— Vraiment ?

— Non, en fait, ça n'a pas d'importance, je
dois partir d'ici.

— Emmenez-moi, je vous en prie ! supplia-
t-elle.

« Si tu savais, Asclé, comme je rêve qu'on se
réveille à Montréal sur le banc tous les deux »,
songea-t-il. Malheureusement, pour compliquer
encore plus la situation, quelqu'un s'approchait
de la pièce. Étienne fit signe à Asclé de se taire en

mettant un doigt sur sa bouche, puis il retourna
se cacher sous le bureau. Asclé le suivit du
regard. Elle sursauta quand elle vit le docteur
Eisele ouvrir la porte et entrer. Il regarda les
dégâts. La fille n'avait pas l'air trop amochée.

— Ramasse ! ordonna-t-il. Ensuite, je te
montrerai comment faire des prises de sang.
Je t'attends dans mon bureau.

— D'accord, dit-elle.

Le docteur Eisele fit le tour de la pièce.
Étienne voyait ses chaussures tourner autour
de lui. Le docteur se pencha pour ramasser un
crayon. Étienne retint sa respiration de toutes
ses forces et ferma les yeux.

— Étienne ! criait Asclé. Étienne, je t'en
prie, ne reste pas là-bas.

Le jeune homme ouvrit les yeux. Asclé fut
soulagée.

— J'étais vraiment inquiète, lui avoua-
t-elle.

— Et moi donc ! finit-il par articuler.

— Qu'est-ce qu'on va faire ? demanda
Asclé.

— Quoi ? Qu'est-ce qu'il y a ?

— Tu ne peux pas te retrouver là-bas en étant
le jeune homme d'aujourd'hui, tu cours un trop

grand danger, expliqua-t-elle en lui montrant leurs miroirs magiques teintés de rouge.

— Je suis désolé, je n'y arrive pas. Quand je me sens aspiré, je panique à l'idée de me retrouver dans le corps d'Ethan.

— Tu risques de te faire tuer.

— Je sais! Penses-tu que je n'y ai pas pensé?

Ils se levèrent du banc sous les regards étonnés de quelques curieux.

— Viens-tu chez moi? demanda Asclé.

— J'aimerais bien, mais ça serait plus sage que j'aille faire ma valise pour demain. Donc je t'accompagne, mais je ne rentrerai pas.

Asclé était déçue. Étienne le sentit.

— Bon, ça va! Je viens, mais pas longtemps.

— Merci!

Elle le serra dans ses bras.

— Merci, Ethan!

Étienne sentit son corps se figer.

— Ne m'appelle pas comme ça, Asclé.

— Je pensais que ça pourrait t'aider.

— Laisse faire, je m'arrangerai, mais ne mélange pas tout. J'ai déjà beaucoup de difficultés à accepter ça.

— D'accord.

Ils arrivèrent près de l'appartement d'Asclé. Avant de monter, Étienne la retint un peu.

— Dis-moi, maintenant que l'on sait pour le professeur Sizan, ça te rassure ou ça te fait peur?

— Une partie de moi est rassurée, mais une autre reste inquiète. J'aurais préféré savoir contre qui ou contre quoi nous allons nous battre. Maintenant, on recommence à zéro.

— Ouais, répondit Étienne. Ça me fait un peu le même effet. L'énigme est enfin résolue : «ce n'est qu'un jeu de rôles». Tu parles d'un soutien, toi! Comment préparer un plan d'attaque quand on ne sait pas ce qui nous attend?

— Doña Paz a dû bien rire de nous. Comment pouvait-elle savoir que ce n'était qu'un jeu de rôles?

— Tu oublies sa grande aptitude à lire dans les pensées.

— C'est vrai, mais tout de même. C'est incroyable qu'elle puisse connaître en détail une situation qui se déroule dans une école de Montréal, alors qu'elle habite au Mexique.

— Elle est très, très forte, répliqua Étienne.

— Nous devons être aussi forts, car nous ne savons pas ce qui nous attend.

— Ouais, eh bien, je crois qu'on le saura plus vite qu'on le pense.

— On monte ? proposa Asclé.

Sa mère était sortie faire des courses. Elle avait laissé une note à sa fille. Asclé passa à la cuisine pour trouver de quoi manger. Elle ouvrit le réfrigérateur.

— Une pomme ? demanda-t-elle.

— Oui, merci !

Elle elle lança le fruit à Étienne sans le prévenir. Heureusement, il avait de bons réflexes, il l'attrapa et puis le lui relança. Elle le reprit de justesse en riant.

— On va dans ma chambre ?

— Je te suis.

— Je suis épuisée ! dit-elle en tombant sur son sofa-lit.

Étienne s'assit à côté d'elle. Elle rebondit et se mit à rigoler. Elle posa sa tête sur l'épaule de son petit ami et croqua dans sa pomme.

— Que va-t-il nous arriver, Étienne ?

Le jeune homme soupira.

— Je n'en ai pas la moindre idée.

Dans un nuage de fumée blanche, Doña Paz apparut.

— Moi, jé crois qué j'ai peut-être ouné pétite idée dé cé qui va sé passer. Mais jé né voudrais pas vous déranger, dit-elle d'un air taquin.

CHANGER DE VIE

Tuer les nuances, c'est tuer la liberté,
l'appétit de créer, l'amour, le bonheur.
C'est déchirer la trame étincelante de la vie et
la changer en haillon.
Paul Guth, *Lettres à votre fils qui en a ras-le-bol*

Il avait enfourché sa bicyclette avec une certaine joie dans le cœur. Il avait apprécié l'expérience. Il aimait le professeur Sizan et ce qu'il représentait pour lui. Arrivé devant chez lui, il vit avec dégoût l'auto de son père. Ça faisait pourtant plusieurs semaines que le vieux ne s'était pas pointé. Pourvu qu'il le laisse tranquille. De toute façon, il partait demain et il n'avait pas l'intention de revoir cette famille. Il alla mettre sa bécane à l'arrière, à côté du véhicule de son père. Il hésita avant d'entrer, il aurait pu aller jusqu'au bord du fleuve, mais il devait préparer son voyage et, après tout, il était chez lui. Il entra par derrière. Son père buvait une bière devant la télévision. Il ne lui adressa pas la parole et ce dernier non plus. Il fouilla dans l'armoire, prit une boîte de biscuits et alla s'enfermer dans sa chambre.

Il s'assit sur son lit et avala une dizaine de biscuits sans les mâcher. Puis, avec précaution, il sortit son habit de SS et l'étendit sur son lit. Dans le fond de son placard, il attrapa un sac de militaire. Ça serait parfait pour y mettre ses effets personnels. Un frisson le parcourut, l'excitation le gagnait. Il allait enfin réaliser son plan et devenir celui qui détient le pouvoir. Il n'avait jamais eu de pouvoir sur sa vie, mais c'était fini. Si plusieurs personnes avaient eu pitié de lui, elles allaient maintenant le craindre. Il prit quelques sous-vêtements et les rangea soigneusement dans son sac. Rien dans sa chambre n'allait lui manquer. Il quittait sa vie de perdant. Il allait enfin être quelqu'un. Personne ne s'était occupé de lui, alors il allait s'occuper des autres. Il sourit méchamment. Il pensa à son enfance et serra les poings de colère. Pourquoi n'avait-il pas eu de chance ? Pourquoi personne ne l'aimait ? Personne ! Il n'y avait jamais eu personne. Une larme coula le long de sa joue, une larme d'enfant. Il aurait voulu hurler de douleur, tellement il avait mal en dedans. Il allait se venger. Il espérait que cela le calmerait. Oui, un nouveau jour s'était levé, un monstre naissait.

LA SOLITUDE DE MARIANNE

La pire souffrance est dans
la souffrance qui l'accompagne.
André Malraux, *La condition humaine*

Marianne arriva de l'épicerie avec des provisions. Sa situation familiale n'avait pas vraiment changé. Elle regarda sa mère avec indifférence. Celle-ci dormait sur le divan, entourée de bouteilles de bière vides. La télévision criait ses publicités ridicules. Elle alla l'éteindre sans que sa mère ne réagisse, puis elle rangea ses provisions. Quand elle eut terminé, elle se mit à pleurer. Elle aurait eu besoin de quelqu'un dans sa vie pour l'entourer, la protéger, l'aimer. Elle se sentait si seule. Elle se roula en boule sur le plancher. Elle voulait un amoureux. Quand Asclé était avec Étienne, elle se sentait parfois de trop et ressentait encore plus douloureusement sa solitude. Elle s'était toujours occupée d'elle-même et avait joué le rôle de mère à la place de la sienne. Pourrait-elle se reposer un jour ? Quelqu'un prendrait-il soin d'elle ? Elle se leva enfin, car il était inutile de se plaindre.

Elle ouvrit le robinet et mouilla ses mains, avant de les passer sur son visage. Ses yeux étaient sûrement enflés. Elle attrapa son cellulaire pour appeler Asclé, mais elle se ravisa et décida plutôt de préparer sa valise. Elle entra dans sa chambre et ouvrit son garde-robe. Qu'allait-elle emmener? Des robes? Des pantalons seraient certainement plus pratiques, mais elle ne pouvait pas vivre sans ses robes. Elle en serra une contre elle et dansa une valse devant le miroir. Elle s'imaginait face au garçon parfait. Elle lui souriait et riait, tandis qu'il la faisait tourner dans les airs. Elle n'avait pas peur, car il était musclé, fort et courageux. Elle fouilla dans ses poches et attrapa son Ipod pour écouter la chanson de Milow, *Ayo Technology*, puis elle se mit à danser. Dès les premiers accords, elle frissonna. L'univers du chanteur lui faisait oublier la réalité. Elle ne pensait plus à rien. Elle laissait la mélodie l'envahir. Elle tournait sur elle-même, emportée dans un autre monde. Dans ses rêves, elle avait une famille aimante et unie. La vie était plus facile. Elle faisait des voyages en famille. Une famille… Oui, elle rêvait d'avoir une famille, un jour… Elle se fit la promesse de réussir.

Au fur et à mesure, elle fit son sac de voyage sans vraiment s'en apercevoir. Elle eut évidemment quelques difficultés pour le fermer. Elle sourit et s'assit sur son sac pour écraser ses affaires. Ça allait entrer comme d'habitude, c'était certain. Elle sourit à nouveau, malgré elle. Elle se coucha ensuite dans son lit et attrapa une revue. Elle pourrait peut-être devenir mannequin. Alors, tous les garçons voudraient sortir avec elle. Elle s'imaginait que devenir mannequin serait la fin de ses ennuis. Elle se voyait déjà sur les tapis rouges au bras d'une vedette. Elle feuilletait les pages avec envie. Fatiguée, elle finit par s'endormir sans souper et se réveilla le lendemain, jour du départ, à sept heures trente.

Malheur! Comment arriverait-elle à l'heure à l'école? Elle se leva d'un bond et entra dans la douche en moins de deux. Elle n'aurait jamais le temps de se sécher les cheveux. Du calme, il fallait qu'elle se calme. En partant, elle manqua d'oublier son sac de voyage. Elle retourna sur ses pas et écrivit un mot à sa mère qui dormait encore. Zut! Elle n'avait même pas pensé à se maquiller. Heureusement, elle eut le temps de le faire à l'école, devant le miroir de son casier. Puis elle retrouva Asclé et Étienne en classe de français, alors que la cloche sonnait. Elle les salua d'un mouvement de la tête et s'assit. La matinée lui parut interminable. L'heure du dîner arriva enfin. Asclé et Étienne l'attendaient pour faire la file à la cafétéria.

— Es-tu prête? demanda Asclé.

— Si tu parles de mes bagages, oui.

Asclé sourit.

— Espérons que tes bagages suivront, la taquina Étienne. Il y a comme une malédiction sur toi, tes bagages et les avions.

— Ça va! Peux-tu être positif, s'il te plaît?

— Je m'excuse, Princesse.

Ils avancèrent jusqu'au repas chaud: des spaghetti. Puis, ils cherchèrent une place. Alors qu'elle venait juste de s'asseoir, Asclé vit son miroir magique maya se teinter de rouge. Elle regarda autour d'elle, puis se pencha en avant pour prévenir ses amis.

— Il y a quelqu'un ici qui nous veut du mal.

Étienne et Marianne constatèrent avec surprise qu'Asclé avait raison.

— Mais comment savoir quelle est cette personne? interrogea Étienne.

— Je ne sais pas, répondit Asclé. J'ai juste vu mon obsidienne changer de couleur. Si ce n'est pas Marc Leclair, alors il y a quelqu'un d'autre dans le groupe qui nous veut du mal. Ça doit être un étudiant qui voyagera avec nous.

— En es-tu sûre ? demanda Marianne.

— Non, mais je le suppose.

— Si c'est quelqu'un du voyage, ça élimine quand même beaucoup de personnes de l'école, ce qui est positif, déclara Étienne.

— Je ne vois rien de positif dans le fait que quelqu'un nous veuille du mal.

— Ce n'est pas ce que j'ai dit, Princesse, tu vires tout à l'envers !

— C'est ça ! Dis toute de suite que je suis idiote !

— Ce n'est pas ce que j'ai dit.

— Ça suffit ! lança Asclé.

Elle s'essuya les mains avec sa serviette en papier et en prit une autre propre et un crayon.

— Faisons la liste des élèves qui viennent en Allemagne et nous pourrons nous concentrer sur certains, peut-être plus menaçants ou plus violents. Qu'en dites-vous ?

— D'accord ! approuvèrent les deux autres.

— On est seize, ce qui nous laisse treize suspects, puisqu'on ne se compte pas.

— Mauvais chiffre, marmonna Marianne.

— Ce ne sont que des superstitions ! s'exclama Étienne.

— On en reparlera quand on sera sur le point de mourir là-bas, en Allemagne.

Étienne grogna.

— Allez ! Aidez-moi ! Il y a Fanny Larose, Julien Palto, Corinne Hébert, Alex Dubois, Rémi Heinz, Matthieu Cousineau, Daphnée Valiquette, Charles Frazer, Francis Dupuis, Sabrina Lauzier, Gabriel Brisebois… Il en manque encore deux.

— Il y a Bruno Moreau, ajouta Marianne.

— Et Kathy Lamothe, dit fièrement Étienne.

— Comment as-tu prononcé son nom ? s'énerva Asclé, un peu jalouse.

— Comment ? Ben, voyons, j'ai juste dit Kathy Lamothe. Qu'y a-t-il ?

— Je n'ai pas aimé la façon dont tu l'as dit.

— Asclé ! Voyons ! J'ai juste dit Kathy ! Comment veux-tu que je dise Kathy ?

— Je ne sais pas moi, genre Kathy et non Kathyyyyyyy !

— Voyons donc, je n'ai jamais dit Kathyyyyyyyyy ! Au secours !

— Bon, les amoureux, ça va faire, on a nos treize personnes. On peut peut-être rayer les moins susceptibles de nous faire du mal.

— C'est trop subjectif, remarqua Asclé, la bouche pleine de spaghettis.

— Ce sera toujours ça, commenta Étienne.

— Bon, O.K.! Je suggère qu'on enlève Fanny et Corinne de la liste, je ne vois pas comment elles pourraient nous agresser.

— D'accord, approuva Marianne. J'ajoute Bruno et Gabriel.

— C'est vrai, je ne les vois pas nous attaquer, commenta Asclé.

— Rémi, Alex et Matthieu, par contre… lança Étienne. Je ne sais pas lequel des trois me fait le plus peur.

— C'est vrai qu'ils ont des vies très compliquées, expliqua Marianne.

— Tu parles, ajouta Étienne, ils les cherchent, les complications!

— Tu ne peux pas les juger. Tu n'as pas idée de ce qu'ils endurent, répliqua Marianne, fâchée.

— Ou de ce qu'ils font endurer aux autres, répliqua Étienne.

— Bon, je suis d'accord pour qu'on les surveille. C'est vrai qu'ils vivent des situations familiales sûrement très difficiles, et ils pourraient bien tous les trois nous causer des ennuis, commenta Asclé. Et Francis? Charles? Kathyyyyyyyyyy?

— Tiens, tu vois, lança Étienne, c'est toi qui dis Kathyyyyyyyy! Pas moi.

— C'était pour t'agacer. Tu n'as pas trop le sens de l'humour, bizarrement.

— Je ne pense pas que Francis ou Charles soient capables de faire du mal à quelqu'un, déclara Marianne pour couper court.

— Et les autres filles? demanda Étienne.

— Non! Ce serait surprenant, ne trouvez-vous pas? interrogea Asclé.

— Bon, alors, surveillons Rémi, Alex et Matthieu, conclut Étienne.

Les trois amis se levèrent pour jeter leurs déchets. Ils observèrent les trois garçons qui mangeaient séparément. Les suspects avaient au moins un point commun: ils n'avaient pas d'amis.

Il ne restait maintenant qu'un cours avant le départ en autobus. Le cœur d'Asclé battait la chamade. Marianne les laissa partir devant et alla se remaquiller dans la salle de bain des filles. Quand elle en sortit, elle croisa Rémi. Elle le regarda, et le garçon soutint son regard tout en s'approchant d'elle. Des frissons parcoururent le dos de Marianne. Était-ce la peur ou une autre émotion inconnue?

Il était maintenant en face d'elle. Il ne savait pas comment lui adresser la parole.

— Je... euh... Je sais que tu ne vis pas des choses faciles à la maison et...

Marianne se méfiait, mais elle le laissa poursuivre en le regardant droit dans les yeux.

— Et ?

— Eh bien, moi non plus ce n'est pas terrible, et...

— Et ? demanda de nouveau Marianne, en croisant les bras contre sa poitrine.

— Je... euh, je ne sais pas. Je me demandais si tu avais envie de t'asseoir avec moi dans l'avion. Je sais que ça n'a pas vraiment de lien, mais... j'imagine qu'Étienne sera à côté d'Asclé.

Marianne n'avait pas pensé à ça ! Et elle n'avait jamais remarqué non plus que les yeux de Rémi étaient si beaux. Quand il riait, une petite fossette se formait aussi au coin de sa joue gauche. Il mesurait sûrement près d'un mètre quatre-vingts et devait peser dans les soixante-dix kilos. Ses cheveux blonds étaient coupés court. Il portait un jean foncé et le t-shirt noir d'un groupe de rock. Il était plutôt beau garçon. Marianne le regardait tout à coup d'une façon très différente. Gênée, elle lissa ses cheveux.

— Je...

Elle hésitait, mais décida de foncer. Tant pis, si c'était lui, le méchant, elle serait aux premières loges.

— C'est d'accord!

Surpris de la réponse, Rémi sourit et sauta presque de plaisir. Elle se mit à rire, car il avait l'air d'un enfant à qui on vient d'accorder une faveur incroyable. La cloche mit fin à leur conversation.

— Bon, eh bien, à tout à l'heure, lui dit-il.

— Oui, d'accord, à plus tard!

La vie est parfois drôle. Alors que la veille, Marianne pleurait sa solitude, voilà qu'aujourd'hui, et sans qu'elle s'y attende, quelqu'un lui souriait comme si le destin l'avait mis sur son chemin. Tout heureuse, elle se rendit à son cours en vitesse, car la cloche avait déjà sonné. Pendant ce temps, Étienne avait dû rattraper Asclé, qui s'était effondrée sur le plancher de la salle publique. Personne ne devait s'apercevoir du malaise de son amie, mais maintenant que la cloche avait sonné, la sur-veillante des casiers, surnommée «le pitbull», pouvait se pointer d'une minute à l'autre. Étienne, inquiet, colla Asclé contre lui et croisa les doigts en espérant que le pitbull soit occupé plus loin. Étienne embrassa sa copine en lui murmurant à l'oreille :

— Reviens, Asclé !

Mais elle était déjà trop loin pour l'entendre.

Asclé avait survécu à sa première journée dans l'enfer de la clinique. Le docteur Eisele avait établi une liste de toutes les expériences faites sur les prisonniers à Buchenwald. Il en avait réalisé plusieurs, mais il avait aussi inscrit celles des autres médecins, Hoven, Kirchert, Ding et Müller.

- *Expériences de « traitement » au phénol, un produit acide.*
- *Essais de vaccins contre le typhus exan-thématique, une maladie mortelle.*
- *Contrôle du vaccin de la fièvre jaune (sur 485 cobayes humains).*
- *Immunisation avec des vaccins de Fränkel contre la gangrène gazeuse (15 morts).*
- *Expériences avec des hormones.*
- *Expériences de drogue.*
- *Expérience avec des bombes incendiaires au caoutchouc phosphoreux (5 morts).*

• *Expériences en grand nombre avec des vaccins contre la dysenterie, l'hépatite contagieuse, la tuberculose.*

Asclé avait trouvé cette liste dans un cahier resté ouvert sur le bureau. Lorsqu'elle en prit connaissance, la nausée l'envahit. Elle s'appuya sur le bureau. La nuit, durant son court sommeil, elle entendait les cris de ceux qu'on disséquait vivants. Elle se réveillait en sueur et ne pouvait plus se rendormir. Comment des atrocités pareilles pouvaient-elles se produire sans que personne ne les arrête ? Combien de mois encore la guerre allait-elle durer ?

Asclé se trouvait toujours dans le bureau du docteur Eisele lorsqu'elle entendit des bruits de pas s'approcher. Elle ne connaissait pas la femme qui entra, mais son souvenir allait se graver à jamais dans sa mémoire. Il s'agissait de la monstrueuse Ilse Koch. Celle-ci approcha sa cravache du visage d'Asclé et l'appuya sur sa joue droite. La jeune fille ne bougea pas et retenait sa respiration, quand le docteur Eisele entra à son tour. Il salua la femme du commandant. Elle se retourna, enlevant sa cravache du visage d'Asclé. La jeune fille se remit à respirer.

— Bonjour, Hans !

— *Les peaux sont prêtes, madame. Si vous voulez les voir, elles sont de l'autre côté.*

— *Fantastique !*

La femme se tourna en direction d'Asclé.

— *Dites-moi, Hans, cette jeune fille n'aurait pas de tatouage, par hasard ?*

Asclé ne comprenait pas. En quoi était-ce important ? Le docteur Eisele s'approcha de la jeune fille.

— *Répondez ! Avez-vous un tatouage ?*

Sans savoir pourquoi, elle mentit.

— *Non, je n'ai pas de tatouage.*

Elle savait que si on la déshabillait, elle mourrait sur-le-champ pour avoir menti, car elle avait une minuscule rose dessinée dans le creux des reins. Ilse s'approcha et leva la chemise de la jeune fille pour voir son ventre. Asclé cessa de respirer. Au même moment, Ethan entra dans la pièce. Il comprit aussitôt qu'Asclé était en danger. Il salua Ilse et lui dit :

— *Madame, votre mari vous cherche, il vous attend dans votre jardin pour la réception donnée en l'honneur de la visite d'Himmler.*

— *Ah, c'est vrai, j'avais complètement oublié. J'y vais. Merci, Ethan !*

— *Dois-je vous faire envoyer les peaux directement à votre domicile ? demanda le docteur Eisele.*

— Non, faites-en d'abord des objets d'art. Trouvez des artistes pour réaliser un abat-jour et quelques couvertures de livres. Oh, j'oubliais ! J'aurais besoin d'un appui-livres. Et j'ai entendu dire qu'on pouvait réduire des têtes humaines. Est-ce vrai, docteur Eisele ?

— Oui, c'est une très vieille technique qu'employaient certaines tribus pour effrayer leurs ennemis.

— Alors, je pense que j'aimerais beaucoup avoir des appuis-livres humains. Il y aurait une thématique dans mon salon, comme ça.

Toute cette scène paraissait tellement irréaliste. Parlait-elle vraiment de fabriquer des objets en peau humaine ? La tête d'Asclé se mit à tourner. Ethan la surveillait du coin de l'œil et pria pour qu'elle ne perde pas connaissance. Montrer sa faiblesse à cette femme sadique lui serait fatal.

— Alors, je vais chercher des artistes. Pour les têtes, il faudra que vous fassiez une sélection.

— Oui, demain à la première heure, je me promènerai avec les gardes dans les rangs durant l'appel. Ethan, j'aimerais que vous soyez à mes côtés. Vous pourrez ainsi tout de suite éliminer mes sélections et ramener gentiment les têtes au docteur, pour qu'il commence les expériences. Combien de temps cela prendra-t-il ?

— Je ne sais pas trop, répondit le docteur, il faut que je fasse des recherches quant à la meilleure technique à utiliser.

— Je choisirai plusieurs têtes : de cette manière, vous aurez droit à l'erreur, mais vous utiliserez les plus belles seulement quand la technique sera au point, d'accord ?

— Pas de problème !

— Parfait ! Alors, je vous quitte, mais je reviendrai.

Sur ces mots, elle lança un méchant regard à Asclé, qui sentit ses jambes ramollir. « Tiens bon ! se dit-elle. Tu ne dois pas t'évanouir. »

Ilse Koch sortit de l'infirmerie et se dirigea vers sa demeure en compagnie de deux gardes qui l'attendaient hors de la pièce. Ethan, qui était resté à l'intérieur, demanda au médecin s'il pouvait l'utiliser Asclé.

— J'aurai besoin d'elle plus tard, répondit le docteur avec un clin d'œil parce qu'il comptait bien vérifier si Asclé avait un tatouage.

— Très bien !

Le garde sortit donc avec Asclé et l'amena dans une grange. Il ferma la porte derrière eux.

Il ne la salua pas. Il cria après elle et frappa sur le bois de la grange. Asclé, effrayée, hurla. Après quelques minutes, Ethan se calma et s'assit sur un ballot de foin.

— Assois-toi !

La jeune fille, tremblante, s'assit. Elle avait peur de ce jeune homme, mais en même temps, il l'attirait.

— Cette femme, cette Ilse Koch, tu dois t'en méfier !

Asclé baissa les yeux. Ethan prit sa main et la caressa.

— Elle est sans pitié, la guerre l'a rendue sadique, comme bien des gens ici. Elle te tuera simplement pour le plaisir.

Ethan regarda Asclé.

— Tu ne dis rien. Ne veux-tu pas des nouvelles de ton frère ?

— Alex… prononça-t-elle faiblement.

— Je lui ai fait passer ton message. Il était heureux. J'ai même réussi à lui donner une ration supplémentaire de pain.

— Pourquoi ? demanda Asclé. Pourquoi risques-tu ta vie pour nous ?

— Je ne sais pas. Dès que je t'ai vue, j'ai été attirée par toi… Je ne pense qu'à toi, jour et nuit…

Je rêve de t'enlever et de partir avec toi. C'est comme si je te connaissais depuis longtemps.

Il se pencha pour l'embrasser et la coucha sur la paille. Asclé ferma les yeux. Quand elle les rouvrit, il parut paniqué.

— Asclé ? Oh non ! Qu'est-ce qui se passe ?

La jeune fille s'assit, prise elle aussi de panique. Étienne avait été projeté dans le corps d'Ethan. Asclé ne le reconnaissait pas, mais Étienne se regardait, affolé. Il était bien Ethan. Il fallait s'enfuir, mais pour aller où ? Il tournait en rond dans la grange comme un lion en cage. Il finit par essayer d'expliquer la situation.

— Asclé ! Je ne suis pas Ethan !

— D'accord !

De toute évidence, il lui faisait peur, car elle ne comprenait pas ce qu'il était en train de lui expliquer. Il devait se calmer, mais… comment ? Il avait juste le goût de crier. Pourquoi cela lui arrivait-il, à lui ?

— Non, tu ne comprends pas, je ne suis pas un nazi !

— D'accord !

— Arrête de dire d'accord, je sais que tu ne me crois pas, je te connais assez pour lire dans tes yeux.

Asclé avait peur. Ethan était probablement devenu fou. Elle se leva et recula. Qu'allait-il lui faire ?

— *Non, Asclé, je ne te veux pas de mal. Tu dois me croire. Je suis désemparé, tu dois m'aider.*

— *Je ne le peux pas.*

— *Mais si, tu le peux. Je suis dans une situation incroyable. Toi, tu en as l'habitude, mais moi…*

De quoi parlait-il ? Du bruit derrière la porte les avertit que quelqu'un allait entrer. Asclé se raidit, tandis qu'Étienne était sur le point de s'évanouir.

Quand Étienne et Asclé rouvrirent les yeux, un visage sévère les fixait. Jamais ils n'avaient été aussi heureux de voir le pitbull des casiers.

— Debout ! ordonna la surveillante.

— Oui, madame, lança Étienne, soulagé.

Il aida Asclé à se relever.

— À votre cours ! Tout de suite !

— Oui, aucun problème, répondit Étienne.

— Oh, mais croyez-moi, des problèmes, ça, vous en aurez !

— Parfait ! lança Étienne impulsivement.

Il entraîna Asclé à sa suite sans même se retourner. Rendu en haut, à l'étage des classes, Étienne repensa à ce qui était arrivé.

— Asclé ! Il faut que je trouve un moyen de ne pas retourner là-bas.

— Tu ne peux pas me demander ça, je n'ai aucun contrôle là-dessus moi-même.

— Je ne veux pas commettre d'atrocités, et en plus, tu ne me reconnais pas quand je suis Étienne.

— C'est normal, tu n'as pas à être dans cette vie-là.

— Non, ce n'est pas normal, il n'y a rien de normal à vivre ça. Je vais devenir fou.

— Mais non, ressaisis-toi !

— Facile à dire !

Asclé se sentit blessée. Elle savait que retourner dans une ancienne vie n'était pas facile, mais elle ne s'était jamais plainte de la sorte. Il devina ses pensées.

— Je sais, je me plains beaucoup, mais je t'assure, je ne crois pas être assez solide pour vivre tout ça.

— Mais si, tu l'es. Si le miroir magique le dit, alors je le crois : tu réussiras à passer au travers.

— C'est vrai, je m'excuse. Bon, allons ! Un dernier cours avant le départ.

— Oui, courage !

Dans l'école, une autre personne pensait justement la même chose : il ne restait qu'un cours avant le départ.

BIENVENUE AU CAMP!

*Si la littérature n'est pas écrite pour rappeler
les morts aux vivants, elle n'est que futilité.*
Angelo Rinaldi, en commentaire de
Si c'est un homme

Henri et Carl furent jetés dans un train en direction du camp de concentration de Buchenwald avec d'autres soldats du Canada et des États-Unis. À chaque arrêt, on les faisait descendre du train, et des soldats allemands les insultaient et les rudoyaient. Après cinq jours d'enfer, ils arrivèrent sur la colline où avait été construit le camp. Ils reçurent des vêtements et furent conduits sur un terrain abandonné avec les autres prisonniers. L'horreur de ce qu'ils découvrirent dépassait tout ce qu'ils auraient pu imaginer. Les prisonniers qui erraient autour d'eux ne ressemblaient plus à des êtres humains, mais à des fantômes squelettiques sortis de mauvais films d'horreur. Ils virent aussi des centaines de petits yeux d'enfants qui les regardaient, suppliants. Eux aussi étaient victimes de la guerre. Henri ne put détourner son regard. Si seulement il y avait une possibilité de les sortir de là. Il finit par tourner la tête avant que ses yeux humides ne trahissent son désespoir. C'est donc en silence que Carl, Henri et les autres prisonniers de guerre marchèrent jusqu'au terrain vague. Pendant trois semaines, ils dormirent à l'extérieur sans chaussures et sans protection. Ensuite, ceux qui étaient encore vivants furent entassés dans des couchettes déjà occupées par d'autres prisonniers plus morts que vivants. C'était un côté de la guerre qu'ils n'avaient jamais imaginé et qu'ils n'auraient jamais souhaité voir. Henri et Carl s'assirent dans un coin de la baraque, ne sachant quoi dire. Ils observaient les couchettes en bois qui débordaient de visages et d'yeux inexpressifs. Tous ces gens attendaient la mort qui viendrait les délivrer de ce cauchemar. Ce spectacle était terrifiant. La nuit s'écoula rapidement et au matin, un kapo leur cria de sortir. Même s'ils ne comprenaient pas l'allemand, Henri et Carl firent comme les autres : ils sortirent dans le froid à quatre heures du matin et se mirent en rang, attendant d'être comptés. Pendant ce temps, Ilse Koch préparait son cheval pour aller choisir les prisonniers qui avaient les plus belles têtes. Apparemment, un convoi de soldats étrangers était arrivé hier. Des têtes exotiques pourraient peut-être lui plaire, qui sait ? Elle sourit et partit au galop en fouettant vigoureuse-ment son cheval.

UNE NOUVELLE AMITIÉ

Un des plus grands bonheurs de cette vie est l'amitié;
et l'un des bonheurs de l'amitié,
c'est d'avoir quelqu'un à qui confier un secret.
Alessandro Manzoni, *Le comte de Carmagnola*

Dans l'autobus menant à l'aéroport, l'ambiance était à la fête. Mais Asclé et Étienne, eux, étaient inquiets. Le jeune homme chuchota à l'oreille de son amoureuse :

— Dis-moi ce que Marianne fait, assise à côté de Rémi ?

— Je n'en sais rien.

— Elle est malade ! Elle sait très bien qu'il fait partie de nos suspects.

— Peut-être essaie-t-elle d'en savoir plus ?

— Mais ce n'est pas une bonne idée, c'est du suicide !

— Du calme, Étienne, tu ne sais même pas si c'est lui.

— En tout cas, je ne l'aime pas.

— Si Marianne veut s'asseoir à côté de lui, ça ne te regarde pas du tout.

— Je veux la protéger, elle ne le connaît pas bien.

— Et toi non plus.

— Alors toi, tu es d'accord pour qu'elle fréquente ce…

— Chut !

Ayant entendu des bribes de leur discussion, Marianne regarda sévèrement dans la direction de ses amis, parce qu'elle n'appréciait pas du tout leurs commentaires. Elle continua ensuite sa conversation avec Rémi.

— Tes connaissances sur les camps de concentration sont incroyables ! s'exclama-t-elle.

— J'aime faire des recherches sur l'Histoire, ça me sort de mon quotidien. Et comme je n'ai pas beaucoup d'amis, j'ai du temps.

— Qu'est-ce qui t'a poussé à faire de la recherche sur la Seconde Guerre mondiale en particulier ?

— Je m'intéresse à ce sujet depuis que je suis tout petit. Je ne sais pas pourquoi. Un jour, alors que je passais dans le salon, mon père écoutait un film de guerre. Les images m'ont accroché et j'ai voulu en savoir plus. La souffrance que j'avais vue à la télévision m'avait perturbé et j'ai voulu consulter des livres à la bibliothèque pour mieux comprendre. Et toi ? Pourquoi aller en Allemagne ?

Marianne hésitait : devait-elle lui dire la vérité ? Elle décida de lui faire confiance et de lui livrer son secret.

— C'est une longue histoire… Vois-tu ce collier autour de mon cou ?

Comment pouvait-elle expliquer ce phénomène ? Il la prendrait sûrement pour une folle.

— Il est très joli, lui dit-il.

— Merci, répondit Marianne. Je ne sais pas comment te dire, je sais simplement que je dois aller en Allemagne, je suis attirée par ce pays.

— Quel est le lien avec ce collier ?

Tant pis, elle allait lui mentir.

— Il vient d'Allemagne.

— Le collier ?

— Oui, c'est ça.

— Le collier vient d'Allemagne et tu es attirée par ce pays ?

Elle allait sûrement bafouiller. Voilà ce qui arrivait quand on contait des mensonges.

— Je sais, ça paraît idiot, hein ?

— Mais pas du tout !

— Oui, c'est idiot, et quand je dis que c'est idiot, je parle de ce que je viens de dire.

Comme la circulation est dense et que nous avons beaucoup de temps, je vais te dire la vérité, mais il est défendu de rire, d'accord ?

Rémi sourit.

— Qu'est-ce que je viens de dire ?

— Je n'ai pas ri, j'ai souri.

— C'est pareil !

— Pas du tout !

— Bon, surtout, ne m'arrête pas ! Tu verras, c'est une histoire très longue et compliquée.

— Je connais ça, j'ai un passé très long et compliqué.

— Bon, alors, il était une fois trois jeunes amis qui avaient participé à un concours sur Internet et gagné un voyage au Mexique. Jusque-là, tu me suis ?

— Mais oui !

— Parfait ! On continue… Rendus là-bas…

Marianne eut le temps de tout raconter. Pourquoi avait-elle fait cela ? Elle n'en avait pas la moindre idée et pourtant, elle se sentait bien et même soulagée. Depuis qu'Étienne et Asclé sortaient ensemble, elle se sentait seule. Maintenant, tout ça avait changé.

Ils descendirent de l'autobus et prirent leurs bagages. Asclé en profita pour amener Marianne un peu à l'écart.

— Veux-tu me dire ce que tu fais avec ce garçon ?

— Je me suis fait un ami.

— Mais tu sais que c'est peut-être lui qui nous veut du mal !

— Je ne le crois pas.

— Marianne, fais attention. Tu ne le connais pas.

— Mais je commence à le connaître et je suis persuadée que ce n'est pas lui.

— Excuse-moi, mais c'est la première fois que tu lui parles et...

— La deuxième !

— Bon, très bien, mais je ne suis pas rassurée, reste prudente.

Pendant qu'Asclé et Marianne discutaient, Étienne décida de questionner ce Rémi.

— Qu'est-ce que tu lui veux, à Marianne ?

— Est-ce que je t'ai parlé, à toi ?

— Non, mais moi, je viens de le faire et je crois t'avoir posé une question.

— Ah bon ? Alors, répète un peu, pour voir !

Le ton montait entre les deux jeunes hommes. Asclé et Marianne se rapprochèrent pour les empêcher d'attirer l'attention de leurs professeurs.

— Calme-toi, Étienne ! ordonna Asclé en le prenant par le bras.

La discussion n'alla pas plus loin, car Marc arriva sur ces entrefaites.

— Et puis, êtes-vous emballés à l'idée de revivre l'Histoire ?

— Euh... Oui, répondit Asclé, encore hésitante.

— Moi, je suis tout excité. Ça sera un grand moment vous verrez ! Bon, on se rend au comptoir d'enregistrement. Venez !

Étienne et Rémi se toisèrent du regard. « Ils ne seront pas amis de sitôt », pensa Marianne. L'enregistrement et le passage des contrôles de sécurité se déroulèrent sans problème. L'avion décolla à l'heure prévue. Alors qu'Asclé tentait de contrôler son mal de l'air, Marianne et Rémi semblaient bien s'amuser, eux.

— Je suis content d'avoir osé te demander de t'asseoir avec moi.

— Pourquoi ? C'était si difficile ?

— Oui, tu es si... belle.

Marianne rougit et se mit à se lisser nerveusement les cheveux.

— Merci !

— Alors, si j'ai bien compris ton histoire, tu cours un danger en allant en Allemagne.

— Oui, c'est comme ça.

— Mais ça ne te fait pas peur ?

— Bien sûr que si !

— Ne t'en fais pas, il ne t'arrivera rien. Je veillerai sur toi.

Marianne eut soudain un doute. Et si c'était Rémi qui leur voulait du mal ? Il pourrait naturellement la protéger, mais décider de faire souffrir ses amis. Elle eut soudainement peur pour Asclé, mais encore plus pour Étienne. Rémi sentit un malaise et demanda :

— Je t'ai mise mal à l'aise ?

— Non, simplement, on a l'habitude de voyager ensemble, répondit-elle en désignant ses deux amis. Et je n'ai pas l'habitude que quelqu'un d'autre s'occupe de moi.

— Eh bien ! À partir d'aujourd'hui, tu vas devoir t'y faire ; si je suis ton ami, alors je me dois de me préoccuper de toi.

Il sourit et appuya sa main sur celle de Marianne. Elle le regarda dans les yeux : il avait l'air honnête et doux. Elle sourit et retourna sa main. Ils se tinrent ainsi sans bouger pendant un long moment. Quelques heures plus tard, fatiguée, Marianne appuya même sa tête contre l'épaule du jeune homme et s'endormit. Celui-ci, trop heureux qu'elle s'abandonne à lui, s'efforça de rester réveillé pour lui donner un appui solide. Alors que l'avion entamait sa descente, ils étaient encore serrés l'un contre l'autre. Étienne les regardait en faisant la moue.

— Je n'aime pas ça, je n'aime pas ça du tout. Avec un peu de malchance, Marianne lui a tout raconté, il sait tout et pourra nous dépouiller de nos miroirs magiques avant de nous torturer.

— Tu ne penses pas que tu exagères?

— Asclé! Tu crois que j'exagère? Tu sais très bien comment étaient les camps nazis et, dis-moi, trouves-tu ça reposant d'y retourner sans protection? Imagine un peu!

— Je croyais que tu étais mon sauveteur en or et que tu me protégeais? dit-elle en l'embrassant.

Après un échange amoureux de quelques secondes, il reprit la parole.

— C'est vrai, mais par malchance, dans cette vie-là, tu as très bien vu de quel côté je me tenais, alors ne compte pas trop sur moi, s'il te plaît. Je ne me fais même pas confiance, c'est tout dire!

— Ouais, vu de cette manière, ça me tente de me trouver un autre amoureux.

— Ne te gêne pas, répondit-il en boudant.

— C'est une blague !

— C'est ça ! Mais tu ne riras pas quand Rémi nous aura tous enfermés dans la cave de ce maudit camp.

— Commence par te calmer. Si tu es si sûr de toi, tu devrais plutôt étudier les comportements de l'ennemi, ça te donnera un avantage.

— Asclé, tu as parfois de bonnes idées !

Étienne observa donc le jeune homme qui discutait avec Marianne jusqu'à l'atterrissage de l'appareil, qui se fit en douceur. Les étudiants s'étiraient, excités à l'idée d'être enfin arrivés. Marthe et Marc, eux, étaient exténués par le voyage en classe économique. Ils avaient depuis longtemps passé l'âge des nuits blanches. Le groupe alla récupérer les bagages. Marianne ressentait un peu d'inquiétude. Son sac de voyage serait-il là ?

— Ne t'en fais pas, la rassura Rémi, s'il te manque quoi que ce soit, je m'arrangerai pour te le trouver.

— Merci ! Mais je prie pour que mes bagages soient là.

Elle sourit à la vue de son énorme sac sur le tapis roulant et se dirigea en sautillant vers lui. Ses deux amis la rejoignirent. Étienne voulut enlever l'encombrant bagage sur le tapis roulant, mais Rémi le devança.

— Ça va aller, dit celui-ci. Je m'en occupe. Occupe-toi plutôt d'Asclé.

Étienne eut envie de lui répliquer d'aller voir ailleurs s'il y était, mais les yeux de Marianne et d'Asclé l'en dissuadèrent. Il attrapa donc le sac à dos de sa petite amie, ainsi que le sien en évitant de croiser le regard de Rémi. Une guerre était déclarée entre les deux mâles. Marc s'approcha d'eux.

— Alors, êtes-vous prêts?

— Oui, confirma Asclé.

— Suivez Marthe, on s'en va prendre le train.

Rémi insista pour porter le sac de voyage de Marianne, en plus du sien. Elle en parut enchantée. Étienne grimaça en disant à Asclé:

— C'est ridicule! Il fait son galant.

— Je ne trouve pas ça ridicule, je trouve ça charmant.

— Pouah! Les filles, vous êtes bien difficiles à suivre. Les quelques fois où j'ai essayé d'être galant, tu m'as dit gentiment que tu étais capable d'ouvrir la porte toi-même. Et là, en voyant Rémi crouler sous le poids des millions d'affaires de ta meilleure amie, tu trouves ça charmant. Décidément, je ne te comprends pas.

Ils sortirent de l'aéroport.

— Je pense que tu es jaloux.

— Quoi ? dit-il en trébuchant sur une roche. Moi, jaloux ? Pourquoi serais-je jaloux de ça ?

— Regarde comment tu le traites. Ça se ressent !

— C'est n'importe quoi !

— Regarde plutôt autour de toi, on est en Allemagne, n'est-ce pas fantastique ?

Les deux amis continuèrent à marcher en silence, observant leur environnement avec plus d'attention. Ils arrivèrent bientôt à la gare et Marthe Lachance alla chercher des billets de train au guichet. Asclé voulut déposer son sac à dos, mais elle s'effondra et se retrouva dans le passé.. Étienne tenta de la couvrir pour que personne ne la remarque, mais malheureusement, il replongea avec elle dans les camps nazis.

La porte s'était ouverte, et un garde qui cherchait Ethan entra. Le problème, c'était qu'Étienne occupait toujours le corps d'Ethan. Asclé, apeurée, se trouvait à l'autre bout de la grange, tandis qu'Étienne se tenait près de l'entrée. La jeune fille se cacha quand la porte grinça. L'officier entra et s'adressa au jeune homme :

— Ethan, nous avons un problème. Des prisonniers ont tenté de voler des armes.

Étienne n'avait pas le choix, il devait jouer le jeu.

— Occupez-vous-en !

— Non ! C'est à toi de le faire. Je suis réquisitionné. Je dois partir pour Auschwitz[15].

Le jeune homme crut que sa tête allait exploser.

— Bon, j'arrive !

— Tout de suite ! Je dois t'emmener. Himmler exige des représailles devant les baraques concernées.

— Ah...

Étienne pensa perdre connaissance. Jamais il ne réussirait à tuer d'autres hommes, et il allait sûrement s'effondrer s'il voyait des soldats torturer les prisonniers. «Bon sang ! pensa-t-il. Quel pétrin incroyable !» Il se retourna et ne put voir Asclé. Elle s'était sûrement cachée et il valait mieux que l'autre officier ne la trouve pas. «Ça m'apprendra aussi à ne pas vouloir plonger

---

[15] L'un des plus grands camps d'extermination des juifs.

dans une autre vie. Je m'y retrouve dans une position mortelle. » Il sortit de la grange en compagnie de l'autre officier, en priant pour qu'un miracle se produise.

Asclé sortit aussitôt de sa cachette. Elle n'avait pas du tout envie de retourner à la clinique. Une idée folle lui traversa la tête. Et si elle réussissait à se rendre jusqu'à la baraque numéro 8 ? Elle n'en était pas si loin, après tout. Elle regarda à travers les planches de la grange. Des gardes étaient postés un peu partout. Elle ne ferait pas cent pas avant d'être tuée. Si elle était chanceuse, elle pourrait par contre arriver entière à la clinique. Elle ne devait pas prendre le risque de se faire tuer et de ne plus jamais revoir son frère. La guerre prendrait fin un jour, et il faudrait que quelqu'un s'occupe d'Alex. Elle ouvrit donc la porte de la grange lentement. Elle regarda des deux côtés. Il n'y avait aucun soldat à droite. Elle marcha donc en direction de la clinique, mais un garde cria. Terrorisée, elle s'arrêta, les mains en l'air.

Les appels lancés par Marianne les ramenèrent enfin à la réalité. Asclé et Étienne se regardèrent : ils s'en étaient sortis, encore une fois, mais ce n'était que partie remise.

— Étienne! Tu vas finir par te faire tuer. Laisse-toi aller quand tu retournes dans ton autre vie. Arrête de résister!

— Je ne le fais pas exprès!

— Mais maintenant que tu le sais, fais un effort!

Marthe arriva près d'eux. Elle rassembla le groupe.

— Je vais vous remettre les billets que vous devrez composter sur le quai. N'oubliez pas de le faire!

— Qu'est-ce que ça veut dire, «composter nos billets»? demanda Marianne.

— Il faut les passer dans une machine pour imprimer la date, l'heure et le lieu où tu embarques. Autrement, le contrôleur du train pourrait te jeter dehors, expliqua Asclé.

— C'est bon à savoir! fit Étienne.

— Nous irons tout d'abord à l'hôtel déposer nos bagages, puis nous amorcerons nos visites, annonça Marthe. Ça sera une grosse journée. Donc, ce soir, on se couche tôt et demain, à la première heure, on part pour le camp de Buchenwald.

Une lueur d'excitation passa dans les yeux de Rémi, tandis que des frissons parcoururent les corps des trois autres compagnons. Le trajet jusqu'à l'hôtel se passa très bien. Les chambres furent distribuées. Comme il n'était pas question que les garçons dorment avec les filles, Asclé se retrouva avec Marianne et Étienne, découragé, dut partager sa chambre avec Rémi. Les deux jeunes hommes montèrent les escaliers en silence et déposèrent leurs bagages sur leurs lits respectifs. Étienne lançait des regards pleins de curiosité et de méfiance à Rémi, qui restait indifférent. Puis, ils rejoignirent la classe dans le grand hall. Les discussions allaient bon train et l'excitation était palpable. Résigné à devoir passer du temps avec Rémi, Étienne préféra l'observer avec attention. Rémi flirtait ouvertement avec Marianne. Ils se donnèrent la main jusqu'au musée de l'Holocauste. Et Étienne les vit même s'embrasser. Il grimaça en se tournant vers Asclé.

— Ça va trop loin ! Il l'embrasse, là !

— Que veux-tu faire ? Courir et te placer entre eux deux ?

Étienne grogna. Il savait qu'Asclé avait raison, il ne pouvait rien faire. Mais si Rémi faisait le moindre mal à Marianne, alors il goûterait à sa médecine.

Au musée, ils eurent beaucoup de plaisir avec leur enseignant. Marc leur raconta de nombreuses anecdotes intéressantes. La journée passa très vite. Trop vite, même, aux yeux d'Étienne qui se retrouva bien tôt dans sa chambre avec son ennemi. Rémi brisa la glace.

— Peut-être pourrait-on faire un effort pour que le voyage soit agréable ? Marianne m'a tout raconté. Je sais pour vos miroirs magiques.

Étienne sentit de l'agressivité monter en lui. Ce qu'il redoutait le plus était arrivé. Ce gars pourrait les dépouiller de leurs pendentifs, puis exécuter son plan sans problème. Et Marianne qui s'était laissé berner... Rémi sentit la colère d'Étienne et voulut l'apaiser.

— Écoute, Étienne, je ne veux aucun mal à Marianne. Je te le jure.

Étienne fit semblant de lire et de ne pas avoir entendu les paroles de son compagnon de chambre.

— J'ai même promis de la protéger.

Étienne ne put se contenir plus longtemps. Il éclata.

— Tu ne la connais pas ! Et tu ne nous connais pas non plus ! Tu arrives, comme ça, en disant que tu veux la protéger et que tu feras attention à elle. Mais, peut-on te faire confiance ? Moi, je suis persuadé que c'est toi qui nous veux du mal et que tu as un plan diabolique. Attention, je t'ai démasqué ! Donc, je t'ai à l'œil ! Je ne te laisserai faire aucun mal à qui que ce soit.

— Ha ha ha ! Tu n'es même pas capable de protéger Asclé. C'est elle qui a l'air de prendre soin de toi. Ça ne m'arrivera pas avec Marianne, crois-moi.

— Comment ça ?

Étienne lâcha son livre, se leva et se planta à côté de Rémi.

— Veux-tu te battre ? Asclé n'est pas là pour me protéger.

— Pas de problème, minus !

Rémi le poussa et Étienne atterrit sur son lit. Furieux, il bondit et poussa à son tour Rémi, qui tomba à la renverse. Au même moment, les filles cognèrent à la porte. Entendant du vacarme, elles frappèrent encore plus fort. Les deux garçons arrêtèrent de se battre et tendirent l'oreille.

— Qui est-ce ? cria Étienne, craignant que ce soit leur enseignante.

— C'est moi, Asclé, et je suis avec Marianne. Ouvrez! Qu'est-ce qui se passe?

Étienne lâcha le chandail de Rémi et alla ouvrir. Le visage des filles en disait long sur ce qu'elles pensaient de leur comportement.

— Ah, bravo, vraiment! applaudit Asclé.

— Oui, félicitations! ajouta Marianne ironiquement.

Elles croisèrent les bras contre leur poitrine, furieuses. Les garçons, honteux, baissèrent les yeux en ajustant leurs vêtements. Étienne saignait du nez et Rémi, de la bouche.

— On dirait un combat de coqs! s'exclama Asclé.

— Assoyez-vous! On va vous arranger ça! leur commanda Marianne.

Elle sortit des serviettes antiseptiques de son sac. Elle en passa une à Asclé, qui épongea la blessure d'Étienne. Ce dernier grimaça sous la brûlure du produit. Rémi, lui, ne se plaignit pas quand Marianne désinfecta sa plaie. Il avait l'habitude des coups. Quand ce fut terminé, les filles les obligèrent à se donner la main. C'est en s'écrasant les doigts qu'ils se serrèrent la main à contrecœur.

— Pensez-vous qu'on peut vous laisser pour la nuit sans que vous vous tuiez? interrogea Asclé.

Pour toute réponse, Étienne et Rémi grognèrent.

— Rassurant! lança Marianne.

— Il se fait tard et on risque d'avoir une journée mortelle demain, ajouta Asclé.

— J'adore ton sens de l'humour, riposta Étienne. C'est très positif, tout ça!

Elle lui fit un clin d'œil et sortit de la chambre avec Marianne.

Asclé prit sa douche la première et retourna lire dans son lit. Marianne y alla ensuite. Une fois qu'elle eut terminé, elle se sécha les cheveux, puis ferma les lumières et se coucha. Asclé avait déjà cessé de lire.

— Crois-tu que Rémi puisse nous faire du mal? demanda Marianne à son amie.

— Je devrais plutôt te poser cette question. C'est toi qui as passé la journée entière avec lui, après tout.

— Je ne le pense pas. Mais tu sais ce qu'on dit, l'amour rend aveugle. Je me suis dit qu'il voulait peut-être des informations sur nous et faisait donc semblant d'être intéressé par moi.

Mais sincèrement, je ne le crois pas. Je le sens au fond de moi. Il a peut-être une carapace et il est très blessé, mais c'est un garçon sensible et doux.

— Doux? Peut-être exagères-tu, non? As-tu vu le visage d'Étienne?

— Et Étienne, il n'a rien fait, peut-être? Je ne dis pas que Rémi est incapable de se battre, mais je le sens affectueux et doux.

— J'ai tout de même peur pour toi, Marianne.

— Et moi pour vous!

Elles partirent à rire.

— De toute façon, on le saura bien assez tôt, ajouta Asclé.

— Dans quelques heures, précisa Marianne en regardant le réveille-matin.

— Il faut que nous dormions, dit Asclé, même si je risque de faire un cauchemar.

— As-tu vu Rémi dans la vie où tu retournes?

— Non, je n'ai vu qu'Étienne. Et il a beaucoup d'ennuis, crois-moi!

— Alors, tu ne sais pas encore qui nous veut du mal?

— Pas du tout! C'est une surprise!

— Ouais, je n'aime pas trop ce genre de surprises. Dis, comment tu le trouves, Rémi?

— Que veux-tu dire ?

— Physiquement, qu'est-ce qu'il dégage ?

— Il est bien.

— Il est beau. Je n'avais jamais remarqué son visage, ses yeux, ses fossettes.

— Allez ! Couche-toi donc et rêve à ton nouveau prince charmant.

Dans la chambre des garçons, Étienne n'arrivait pas à trouver le sommeil. Peut-être avait-il peur ? De son côté, Rémi dormait très bien. Étienne décida alors de fouiller les bagages de son compagnon de chambre. Il se leva en faisant le moins de bruit possible. Ensuite, il attrapa le sac de Rémi et alla discrètement s'enfermer dans la salle de bain. Il déposa le sac près du lavabo et ouvrit la fermeture à glissière. Ses mains tremblèrent : il était trop fatigué et nerveux. Soudain, on cogna à la porte de la salle de bain.

— Étienne ? As-tu vu mon sac ? dit Rémi. J'ai froid.

— Euh, oui, il est ici. Je suis occupé, je sors dans un instant.

« Non, mais quelle malchance ! Rémi était censé dormir », pensa Étienne. Il tira la chasse d'eau pour faire croire qu'il avait été aux toilettes et sortit après avoir pris soin de bien refermer le sac. Il se dirigea ensuite vers son lit et tenta de dormir. Il ne restait que quelques heures avant que la vérité ne soit révélée au grand jour. Étienne ne sombra cependant pas dans un sommeil paisible, mais atterrit dans le camp de Buchenwald, dans la peau de l'officier Ethan.

Les prisonniers qui avaient volé des armes étaient suspendus par les mains à des barres de métal devant leurs compagnons en rang. Ethan s'approcha et salua l'autre officier, qui put s'en aller. Il regarda la scène sans vraiment la vivre. Complètement déconnecté de la réalité, il se mit à crier après les détenus. Il sortit son pistolet et fit ce que ses supérieurs attendaient de lui : il plaça des prisonniers innocents sous les jambes de ceux qui avaient tenté une rébellion. Ensuite, il tira dans les genoux des coupables. Leurs os craquèrent. Ethan ne ressentait rien à la vue de cette souffrance, mais Étienne, lui, se plaignit dans son sommeil. Il suait à grosses gouttes dans ses draps. Certains détenus s'effondrèrent devant le spectacle. Ethan demanda enfin aux autres gardes d'emmener les corps dans les fours crématoires. Il renvoya les autres prisonniers dans leurs baraques et demanda aux kapos d'être plus sévères encore et de priver tous les prisonniers de leur ration de nourriture du soir. Il remit son pistolet dans son étui et se dirigea vers la clinique. Il croisa Asclé juste au moment où un soldat s'apprêtait à lui faire du mal. Il donna l'ordre à ce dernier de la lâcher et la ramena à la clinique. Asclé sentait que quelque chose n'allait pas et ne dit pas un mot. Ethan ouvrit la porte de la clinique, la fit glisser à l'intérieur et retourna dans ses quartiers. Le docteur Eisele attendait sa protégée avec impatience.

— Couchez-vous sur la table d'examen, mon enfant, lui ordonna-t-il d'un ton sadique.

26
LE GRAND JOUR

*Pendant une guerre, le présent et le passé sont parfois
si proches qu'ils se confondent, et on en sait où
commence le souvenir et où finit le présent.*
Léna Allen-Shore, *Ne me demandez pas qui je suis*

Les garçons furent réveillés par un appel
téléphonique provenant de la réception.
Étienne s'étira. Il serait volontiers resté couché.
Rémi se leva et alla à la salle de bain. Il n'avait
rien dit à propos de son sac. Étienne en profita
pour s'habiller. Dans la chambre des filles,
Marianne décrocha le téléphone, qui leur
annonçait l'heure du réveil.

— Asclé ! C'est l'heure !

— Mmm !

— Il faut se lever.

— Oui, oui... d'accord.

Asclé s'étira en grognant. Elle vérifia qu'elle
avait toujours son pendentif maya au cou. Elle
fut rassurée.

— Marianne, si jamais il nous arrivait
quelque chose, je veux que tu saches que tu
comptes beaucoup pour moi.

— Asclé ! Ne dis pas ça ! Ça fait fatidique,
tes paroles !

— Non, juste réaliste, crois-moi. Je me demande encore pourquoi nous devons vivre tout ça. Pourquoi toutes ces missions ?

— Je n'en sais malheureusement pas plus que toi, dit Marianne.

Asclé se leva en soupirant.

— Te sens-tu prête ? demanda Marianne.

— Pas du tout !

Elles se mirent à rigoler. Comment pouvait-on être prêt à affronter la mort ?

— Je me change et on passe chercher Étienne et Rémi, lança Asclé.

— J'espère qu'ils sont encore en vie, plaisanta Marianne.

Étienne, les cheveux en l'air et les yeux rétrécis, leur ouvrit la porte.

— Beau petit genre ! se moqua Marianne.

— Ça va, Princesse. Si tu n'as rien d'autre à dire, je te demanderais de te taire, O.K. ? J'ai mal à la tête.

Rémi se tenait dans le fond de la chambre et fermait ses bagages. Marianne s'approcha.

— Salut ! dit-elle.

— Salut !

— Bien dormi ?

— Oui, pas si mal.

— Bon, eh bien, descendons pour ne pas être en retard. L'autobus nous attend, rappela Marianne.

— Allez-y, on vous suit avec Étienne, répondit Asclé.

— O.K.!

Marianne et Rémi sortirent dans le corridor. Asclé referma la porte.

— Tu as une tête d'enfer, dit-elle à Étienne.

— Je n'ai pratiquement pas dormi. Je me suis enfermé dans la salle de bain avec le sac de Rémi pour tenter de trouver un indice qui nous aiderait…

— Et?

— Il s'est pointé et a cogné à la porte. Je te jure, je n'ai jamais été aussi inquiet.

— De toute façon, c'est aujourd'hui qu'on découvrira la vérité.

— J'aime ton air dégagé, Asclé.

— Allez! On ne doit pas manquer l'autobus.

— Mais si, je veux le manquer, moi! Et je veux retourner à Montréal!

— On y retournera, c'est sûr, mais on ne sait pas encore quand, c'est tout, lui dit-elle en lui faisant un petit baiser dans le cou pour le calmer.

Étienne attrapa ses bagages et suivit Asclé, résigné. Ils arrivèrent les derniers dans le hall. Marthe et Marc comptaient déjà les étudiants. Ils donnèrent les consignes et les firent monter dans l'autobus. Étienne regarda autour de lui. Il avait beaucoup examiné Rémi jusqu'à présent, mais si le coupable était quelqu'un d'autre ? Alex lui parut tout à coup suspect. Il fouillait dans son sac constamment et paraissait anxieux. Étienne en glissa un mot à Asclé. Celle-ci décida d'aller s'asseoir à côté d'Alex pour vérifier.

— Ça va, dis ? Tu parais nerveux.

— Oui, je ne trouve plus mes médicaments. J'étais certain de les avoir mis dans mon sac à dos. Je voulais les avoir pour la journée.

— As-tu bien regardé ? Ils sont peut-être dans la pochette sur le côté…

Alex l'ouvrit et, effectivement, les trouva. Un sourire rassuré apparut sur son visage.

— Oh, merci !

— De rien ! Bon, je te laisse, je vais aller m'asseoir à côté d'Étienne. On se voit là-bas.

Asclé revint s'asseoir et expliqua à Étienne ce qui s'était passé. Étienne fit la moue. Asclé éternua. Elle chercha des mouchoirs, mais n'en trouva pas.

— Attends ! Je pense que j'en ai dans ma veste, dit Étienne.

Il fouilla et trouva des mouchoirs, ainsi qu'un morceau de papier. Il donna les mouchoirs à Asclé et déplia le papier. Le nez au-dessus de la feuille, Asclé demanda de quoi il s'agissait.

— Je ne sais pas, répondit-il en réfléchissant.

— Si tu veux mon avis, ça a tout l'air d'une énigme de Doña Paz.

— Mais... Oh non !

— Quoi ?

— Je me souviens, quand j'ai ouvert la lettre la première fois, il y avait deux feuilles ! Mais comment j'ai pu oublier ça ?

— Tu veux dire que tu n'as résolu qu'une partie de l'énigme ?

Étienne, gêné, baissa la tête.

— On se calme, je vais résoudre immédiatement celle-ci et tout rentrera dans l'ordre. Ça ne doit pas être si important que ça.

Asclé n'était pas d'accord avec lui.

— Étienne, tu as résolu une feuille sur deux, tu te rends compte ? Une sur deux ! Il nous manque la moitié des infos !

— Non, pas si tu me laisses réfléchir.

— Mais vas-y, alors !

— Si tu te tais, Asclé, ça devrait être beaucoup plus facile.

Marianne, qui avait vu qu'il se passait quelque chose d'important, s'approcha et s'assit sur le siège en avant d'eux.

— Qu'est-ce qu'il y a ?

— Rien d'important ! Étienne a juste oublié de résoudre la moitié de l'énigme qu'on lui avait confiée.

— Oh, mais je n'ai pas à en porter seul toute la responsabilité ! Je vous ai aidées à l'école, alors un peu de compassion, s'il vous plaît !

— Bon, qu'est-ce que ça dit, ce papier ?

— Si vous me laissez tranquille, peut-être que je réussirai à vous le dire.

Il lut à haute voix l'énigme :

*Mon premier est un aliment préparé
pour les repas.*

Mon deuxième est un déterminant masculin.

Mon troisième retient ma tête.

*Mon quatrième est laissé par mes pieds dans
le sable.*

Mon cinquième est presque une couleur.

Mon sixième peut être fait en cèdre.

Mon septième est un lieu où s'établissent des groupes militaires.

Mon huitième est un mot qui désigne la ressemblance.

Mon neuvième est un signe distinctif qui permet de se faire connaître.

Mon tout est la chance que je vous envoie, car vous en aurez bien besoin.

Les filles soupirèrent, découragées par l'ampleur de la tâche.

— Une de vous deux a un crayon ? demanda Étienne. Et je ne parle pas d'un crayon pour les yeux, Marianne.

— Tiens ! lui dit Asclé en lui tendant un stylo.

— Merci !

— On n'y arrivera jamais ! lança Marianne.

— Princesse, retourne t'asseoir avec ton Rémi au lieu de me déconcentrer, d'accord ?

— Bon, si tu insistes ! dit-elle, offusquée.

Elle se leva et alla retrouver son ami.

— Ça va ? demanda-t-il.

— Mmm ! grogna Marianne pour toute réponse.

Il n'insista pas et se tut. Asclé tentait d'aider Étienne à résoudre l'énigme.

— Mon troisième, je suis persuadée que c'est « cou », murmura-t-elle dans l'oreille du jeune homme.

— Ouais, je suis d'accord. Et le deuxième c'est « le », non ?

— Oui, mais je ne peux pas continuer, j'ai mal au cœur si je lis dans un autobus.

— Moi aussi, mais je n'ai pas le choix.

— Écoute, laisse tomber… De toute façon, qu'est-ce qu'on peut y faire ?

— Je continue, du moins jusqu'à ce qu'on arrive.

— Moi, je…

Un brouillard envahit alors la tête d'Asclé, et elle retourna bien loin en arrière. Étienne l'adossa à lui.

Le docteur Eisele avait ordonné à Asclé de se coucher sur la table d'examen. Il voulait vérifier si elle était tatouée, mais il aurait aussi aimé faire des expériences sur cette fille. Il s'apprêtait à l'examiner lorsque la porte de la salle s'ouvrit sur un officier SS.

— Docteur Eisele, vous devez me suivre. C'est Ilse Koch qui l'ordonne.

— Est-ce que cela ne peut pas attendre ?

— Non. Je dois vous escorter.

— Bon !

Hans Eisele soupira et fit signe à Asclé de se lever et d'aller dans sa couchette, située dans une pièce adjacente. La jeune fille sortit de la pièce en tremblant et alla s'étendre. Étendue sur le dos, elle retrouva son calme peu à peu. Sa respiration s'apaisa. Elle repensa à ce début de journée encore passé en enfer. Elle vivait toujours, mais elle voyait maintenant plutôt la mort comme une amie qui la délivrerait de la souffrance. Quelques heures plus tard, elle fut réveillée par des hurlements. L'estomac noué par la peur, elle se leva pour regarder par la fenêtre, mais ne vit rien. Que se passait-il ? Jamais elle n'avait entendu des cris semblables. Des cris d'enfants ! Elle pensa à son frère et fut prise de nausée. Que faisait-on à ces enfants ? Elle avait de la difficulté à respirer. Elle s'assit, puis se releva et marcha en rond dans la petite pièce où elle dormait. Peu à peu, les cris s'apaisèrent et la pièce retomba dans le silence.

Pendant ce temps, Ilse, accompagnée d'Ethan, se promenait entre les rangs de prisonniers.

— Faites transférer les hommes que je désignerai à la clinique.

— À vos ordres !

Ilse se promena en désignant ici et là des hommes dont elle aimait le visage. Arrivée à la hauteur d'Henri et de Carl, elle s'arrêta et leur sourit. Elle leur parla en allemand, mais de toute évidence, ils ne comprenaient pas. C'était sans importance. Elle les envoya à la clinique avec les autres. Ethan et un autre officier les y menèrent. Ilse prit Ethan à part juste avant qu'il s'en aille.

— Un instant, je vous prie : dites au docteur Eisele qu'il me garde les deux Canadiens pour la fin, d'accord ? Je veux qu'il améliore sa technique avant et je ne voudrais pas qu'il les abîme.

— À vos ordres, Madame !

— Ethan, vous savez que vous pouvez m'appeler Ilse quand mon mari est absent.

Elle lui caressa le cou. Il sourit à contrecœur et lui fit signe que oui. Puis, il conduisit les prisonniers jusqu'à la clinique. Il avait besoin de voir Asclé, mais avant, il avait encore un peu de travail pour combler les désirs tordus de cette femme de malheur. Il amena deux des prisonniers dans la grange et les tua. Il trancha

ensuite leurs têtes et les porta au docteur pour
que ce dernier en prenne les cerveaux. Ce dernier
demanda l'assistance d'Asclé, mais celle-ci perdit
connaissance à la vue des têtes ensanglantées.
Ethan se chargea de la transporter à l'extérieur
pour qu'elle respire de l'air frais, puis l'emmena
se cacher dans la grange.

— Asclé! Asclé! On arrive! lui chuchota
Étienne à l'oreille au moment où le bus se
stationnait.

La jeune fille ouvrit les yeux.

— Ethan?

— Non, Étienne, c'est mieux. On est arrivés
au camp.

— Non, je ne peux pas, Étienne. Je ne le
supporterai pas.

— Je suis là. On va affronter ce qui nous
attend ensemble. Ne t'en fais pas.

Marianne et Rémi les attendaient sur
l'aire de stationnement, pleine de voitures et
d'autobus. Marthe Lachance parla aux étudiants.

— Bon, nous voici enfin au Mémorial de
Buchenwald. Je suggère que nous fassions
deux groupes pour faciliter la visite.

Rémi leva la main.

— Oui ? répondit Marthe.

— Doit-on vraiment se suivre comme des moutons ?

Les autres élèves se mirent à rigoler, manifestant leur accord avec Rémi.

— Non, bien sûr que non ! Je serai responsable d'un groupe, et Marc veillera sur l'autre. Donnons-nous une heure et un lieu de rendez-vous, et nous pourrons visiter cet endroit à notre rythme.

— Parfait ! s'écria Marc. Qui vient avec moi ?

Asclé se dirigea vers lui, en compagnie de ses amis et de quelques autres élèves.

— Allons-y ! Nous allons passer devant la porte du camp qui fut construite en 1937. C'était l'unique entrée et sortie, et c'était aussi la principale tour de garde. Vous voyez l'inscription dans le fer forgé, « Jedem das Seine » ? Elle signifie « À chacun son dû ». Cette inscription pouvait être lue de la place d'appel à l'intérieur du camp, comme de l'extérieur. Elle a été gravée en 1938.

— Qu'y avait-il dans le bâtiment ? s'informa Étienne.

— Dans l'aile ouest, il y avait les cellules d'arrêt. C'est là que les gardes SS torturaient et assassinaient les prisonniers.

— Des prisonniers arrivaient-ils à s'échapper? demanda Marianne.

— C'était très difficile. Comme vous pouvez le voir, le camp est ceinturé de barbelés, et la clôture était électrifiée. De plus, des hommes armés faisaient le guet. Entrons maintenant, si vous le voulez bien!

Les jeunes entrèrent dans le camp et marchèrent sur la place d'appel. Un silence lourd pesait sur ce terrain qui avait été le centre de châtiments et d'exécutions. En fermant les yeux, Asclé revoyait les détenus au garde-à-vous et entendait l'orchestre qui jouait l'hymne du camp.

— Le bâtiment au toit orange, là-bas, servait de cantine. Allons voir l'exposition à l'intérieur, leur proposa Marc.

Le groupe d'amis s'avança. Étienne était déçu de ne pas avoir encore résolu l'énigme. Comment avait-il pu être aussi distrait? Il devait trouver un moyen de se mettre à l'écart pour savoir quelle menace pesait sur eux.

— Asclé, je vais aller aux toilettes...

— Mais on vient d'arriver!

— C'est pour pouvoir résoudre l'énigme.

— Laisse tomber, Étienne! Il est trop tard. Même si on connaissait le nom de l'élève qui nous veut du mal, ça ne changerait plus rien, maintenant.

Étienne croisa les bras contre sa poitrine. Il n'était pas d'accord, mais il devait avouer qu'il était tard, en effet.

— Nous devrions plutôt aller voir Marianne. J'aimerais qu'elle reste avec nous, expliqua Asclé.

— Oui, mais vas-y, toi. Moi, je ne m'approche plus de Rémi!

La jeune fille alla s'enquérir de Marianne.

— Ça va, on va vous suivre! dit celle-ci. Mais on n'est plus au primaire, alors tu peux quand même tolérer qu'on aille dix pieds plus loin.

Asclé lança un regard noir à son amie.

— Écoute, Marianne, ce serait triste qu'on se chamaille, non?

— Mais oui, désolée… Je ne voulais pas être brusque.

— Viens, on s'en va voir l'exposition à l'intérieur.

Les élèves avancèrent en silence et entrèrent dans une grande pièce. Sur des étagères en métal et dans les vitrines, ils observèrent une partie de l'histoire du camp.

Des photos en noir et blanc donnaient la chair de poule. Des objets ayant été fabriqués par des détenus étaient exposés sur des tablettes. Des œuvres d'art dessinées par des prisonniers racontaient à leur façon la souffrance et l'enfer de la vie quotidienne à Buchenwald. C'est avec un nœud dans le ventre qu'Asclé et ses amis firent le tour de ce local. Quand ils eurent terminé, Marc les invita à le suivre jusqu'au crématorium.

— Je brûle d'envie de visiter ce lieu, lança Rémi.

— Ce jeu de mots ne me fait pas rire, le rabroua Asclé.

— Je n'ai pas fait exprès, c'est sorti comme ça.

La jeune fille hocha la tête en pinçant les lèvres et suivit le groupe jusqu'à un bâtiment qui se différenciait des autres par sa haute cheminée.

— On dit que l'odeur de pourriture et de chair brûlée était insupportable, commenta Marc lorsqu'ils furent arrivés devant le crématorium. C'est à partir de 1940 qu'on a commencé à brûler les morts ici.

Ils passèrent la porte et se dirigèrent vers la cave aux cadavres. À l'inverse d'Auschwitz, le plus grand camp d'extermination construit par les nazis en Pologne, le camp de Buchenwald n'avait pas de chambre à gaz, mais il était muni de crochets fixés aux murs et avec lesquels des milliers d'hommes, de femmes et d'enfants furent étranglés avant d'être jetés dans des fours crématoires. Avant de les brûler, on étendait les corps sur le sol pour les dépouiller de tout ce qui pouvait être de valeur, y compris leurs dents en or. Perturbés, les élèves firent le tour des fours et lurent avec intérêt les panneaux qui expliquaient l'histoire du crématorium. Asclé demanda à sortir à l'extérieur, car elle avait l'impression d'étouffer. Étienne l'accompagna.

— Ça va ?

— Bof ! Je ne sais pas, répondit Asclé.

— Vas-tu perdre connaissance ?

Asclé sourit.

— Non, je ne crois pas.

— C'est bien.

À peine Étienne avait-il été rassuré, qu'Asclé s'effondra par terre et retourna dans le passé. Marthe Lachance, qui passait par là avec son groupe, demanda :

— Que se passe-t-il ?

— Rien ! Elle a un petit malaise.

— Oh, mon Dieu !

— Non, je vous le jure, ça passera.

— Mais enfin, on doit l'emmener à l'infirmerie ! Viens avec moi ! Es-tu capable de la transporter ?

— Oui, madame.

— Alors, suis-moi ! Les autres, écoutez-moi. Allez rejoindre Marc à l'intérieur du crématorium, je vous retrouverai un peu plus tard. Bon, viens, Étienne !

Le trio se déplaça jusqu'au poste d'information et fut installé dans une petite pièce qui servait d'infirmerie.

— Ça lui arrive souvent ? demanda Marthe.

— Oui, assez.

— Et tu trouves ça normal ?

— Euh, c'est-à-dire…

— Bon, je vais aller voir si l'infirmière arrive.

Asclé et Étienne se retrouvèrent seuls dans cette petite pièce froide.

— Asclé ! Tu as mal choisi ton moment, crois-moi !

Mais Asclé n'entendait rien.

— *Je ne veux plus retourner à la clinique.*

— Il le faudra bien.

— Je préfère mourir.

— Ne fais pas l'idiote, répondit Ethan en colère. Jusqu'à maintenant, je t'ai protégée, mais un jour viendra où je ne serai peut-être plus là.

— Comment es-tu capable de tuer des gens de cette façon ?

— Y a-t-il une façon pour tuer des gens ? Allons donc ! Tu penses peut-être que ça me plaît ?

Asclé ne bougeait pas. Elle le fixait dans les yeux. Elle ne savait que répondre.

— Pourquoi le faire, alors ?

— Pourquoi ? Qu'est-ce que tu veux que je te dise ? Tout s'est enchaîné si vite. J'ai été plongé dans ce tourbillon de violence, je n'ai pas eu le temps de penser. J'ai fait, c'est tout !

— C'est tout ? Tu tues des gens tous les jours et tu dis « c'est tout » ?

— Oui, c'est tout. C'est la réalité présente. Elle ne te plaît pas ? Eh bien, à moi non plus ! Et pourtant, tous les deux, nous la vivons, moi en tant que bourreau et toi, en tant que victime, et nos destins sont liés. Mais oui, ils sont liés. Voilà ! C'est terrible, non ?

Asclé réfléchit. Qu'avait-elle à dire ? Qu'avait-elle à ajouter ? Elle le détestait et en même temps elle pouvait reconnaître qu'il était bon avec elle…

Il venait cependant de trancher la tête à un autre humain. Et il l'avait fait de sang-froid. Et là, il était avec elle à discuter philosophie. Pendant qu'elle réfléchissait, la porte s'ouvrit...

La porte s'ouvrit sur Marianne et Rémi.

— Qu'est-ce que vous faites ? demanda Étienne.

— Je voulais voir Asclé, expliqua Marianne.

À ces mots, Asclé ouvrit les yeux.

— Marianne ?

— Asclé ! s'écria Marianne.

Debout près de la porte, Rémi n'avait rien dit. Il observait la scène en silence.

— Marthe est partie chercher une infirmière, expliqua Étienne.

— Ce ne sera plus nécessaire, je vais bien.

L'enseignante arriva avec un infirmier, beau à chavirer tous les cœurs.

— C'est moi qui ne me sens pas bien, tout à coup, plaisanta Marianne.

— Asclé, ça va ? s'inquiéta Marthe.

L'infirmier, qui s'appelait Gregory, s'approcha.

— Je vais quand même prendre ta tension.

Intimidée, Asclé devint rouge comme une pivoine. Elle tendit son bras au jeune infirmier, qui l'entoura d'une bande en plastique.

Tout le monde regardait la scène sans rien dire. Il prit aussi sa température. Tout paraissait normal.

— Tu as l'air d'aller bien.

— Oui, je vais bien.

— Si jamais il se passait autre chose, n'hésitez pas, d'accord? Je serai là jusqu'à la fermeture.

— Merci! répondit Marthe. Allez, les jeunes, on retourne dehors!

— Merci! dit Asclé à Gregory.

— De rien!

Le petit groupe sortit pour rejoindre les élèves restés avec Marc près du crématorium. Arrivés sur place, Marthe emmena ceux dont elle avait la charge depuis le matin voir les emplacements des anciennes baraques de prisonniers, tandis qu'Asclé et ses amis rejoignaient Marc.

— Ah, vous voilà! Bon! Regardons le plan du site encore une fois. Je suggère qu'on aille à l'ancienne clinique, qui est au fond à gauche. Là-bas, il y a une plaque commémorative apposée sur des ruines, mais, si ma mémoire est bonne, il reste un bâtiment.

Asclé sentit tout à coup ses jambes ramollir.

— Ça va, Asclé ? Tu me parais bien pâle subitement.

— Oui… ça va aller.

Étienne lui chuchota à l'oreille.

— En es-tu certaine ?

— Non, lui répondit-elle.

— C'est ce que je pensais.

— Bon ! En route, alors, les jeunes ! lança Marc.

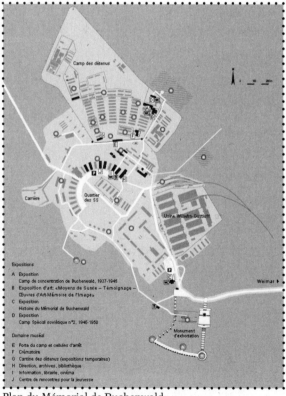

Plan du Mémorial de Buchenwald

Ils marchèrent un petit bout de temps avant d'arriver jusqu'aux vestiges de la clinique. Ils croisèrent quelques autres visiteurs, ce qui rassura Asclé.

— Le site est immense! s'exclama Étienne.

— En effet, fit Marianne.

— Je connais tous les coins.

— Et pourquoi donc? demanda Étienne, méfiant.

— Je voulais me renseigner, c'est tout!

— Ah ouais? À quoi ça te sert?

— Ah, laisse tomber!

— Étienne! Arrête tout de suite! le réprimanda Marianne.

Marc prit la parole.

— J'avais raison. Il reste un bâtiment de l'ancienne clinique. Allons le visiter.

Une affiche devant la porte indiquait que le bâtiment en question était en rénovation. La société du Mémorial s'excusait pour les inconvénients. Marc s'arrêta.

— Oh non, quel dommage!

Il s'approcha de la porte vitrée pour regarder à travers. Puis, il tourna la poignée.

— Ce n'est pas verrouillé. On peut sûrement y aller, auquel cas.

— Mais… s'interposa Asclé. Il est écrit que…

— Je sais, mais je crois qu'ils ont tout simplement oublié d'enlever la pancarte. Regardez la date, elle est dépassée. Allons-y !

Sceptiques et un peu soucieux, les élèves entrèrent dans le bloc tandis que Marc en tenait la porte. La saleté qui régnait sur place était inquiétante. La poussière sur les meubles empilés prouvait qu'il n'avait pas été visité depuis bien longtemps et n'était plus ouvert au public. Asclé se retourna pour en avertir Marc, mais celui-ci avait déjà refermé la porte derrière lui et sorti un fusil.

— Avancez !

— Mais… tenta Asclé.

— J'ai dit : avancez ! Je ne le répèterai pas.

Maintenant, tous les yeux étaient rivés sur Marc. Sous la menace, les élèves marchèrent jusqu'à une seconde porte.

— Les mains en l'air, et si l'un de vous tente de s'échapper, ça sera sa dernière action, compris ?

Marc avança, déverrouilla la porte qui menait au sous-sol et força les élèves à descendre.

— Tournez à gauche !

Les jeunes obéirent en silence.

— Entrez dans la pièce !

Étienne, qui était le premier de la file, hésita, mais Marc le frappa et il perdit connaissance. Asclé et Marianne poussèrent un cri. Rémi garda par contre son sang-froid, ramassa son camarade et entra dans la pièce avec les autres. Marc referma sur eux la porte métallique, la verrouilla avec un cadenas et leur parla à travers les grilles de leur nouvelle prison.

— L'Histoire, mes chers, doit continuer à s'écrire !

— Vous êtes malade ! lança Marianne.

— Je vous laisse quelques heures, le temps de me changer et d'enfiler une tenue appropriée. Je vous ai laissé des habits de prisonniers. Je m'attends naturellement à ce que vous les ayez enfilés avant mon retour.

— Marthe et les autres nous retrouveront. Ils ne pourront pas partir sans nous. Ils sauront ce qui nous est arrivé.

— Je n'ai pas préparé un tel plan sans en prévoir tous les détails, quand même, jeune fille ! Pour qui me prends-tu ? Marthe a reçu un message qui lui fera croire que nous rentrerons plus tard à l'hôtel parce que nous visitons la ville de Weimar.

Il sourit et s'en alla. Ses pas résonnèrent sur le plancher en ciment, puis un silence de mort s'installa dans la pièce sombre.

— Quoi? Mais comment est-ce possible? s'écria Marianne.

Rémi s'assit par terre dans un coin. Asclé se pencha sur Étienne et tenta de le réveiller. Il avait reçu un solide coup à la tête. Elle lui caressa les cheveux et lui donna un baiser sur le front. Il finit par rouvrir les yeux.

— Étienne!

— Aïe! Qu'est-ce que…?

Il s'assit et regarda autour de lui. Des douleurs violentes envahirent son crâne.

— Qu'est-ce qui m'est arrivé?

— Tu as reçu un coup sur la tête, expliqua Asclé.

Étienne fouilla dans ses poches à la recherche de l'énigme. Il sortit le bout de papier et lut:

— Mon premier est un aliment préparé pour les repas.

— Un mets, peut-être, répondit Asclé.

— Mon deuxième est un déterminant masculin.

— Essayons «le», tenta Rémi.

— Mon troisième retient ma tête. Mon cou, oui c'est ça, «cou», raisonna Étienne.

Asclé prit le papier dans ses mains et poursuivit.

— Mon quatrième est laissé par mes pieds dans le sable.

— Je dirais « pas », intervint Marianne.

— Ce qui nous donne jusqu'à présent : « Mets le cou pas ». Je continue : Mon cinquième est presque une couleur.

— Bleu, dit Rémi.

— Le coupable ! s'exclama Étienne.

Heureux de leurs progrès, il lança un regard joyeux à Rémi, avant de se rappeler qu'il l'avait injustement soupçonné. Il devrait absolument s'excuser auprès de lui. Asclé poursuivit :

— Mon sixième peut être fait en cèdre.

— Une haie, avança Marianne.

— Donc, on a « le coupable est… », résuma Étienne.

— Mon septième est un lieu où s'établissent des groupes militaires.

— Le mot est « camp », ça j'en suis sûr, déclara Rémi.

— Mon huitième est un mot qui désigne la ressemblance.

— Sûrement « même », dit Asclé.

— Mon neuvième est un signe distinctif qui permet de se faire connaître.

— Marque! lança Étienne.

— Mon tout est la chance que je vous envoie, vous en aurez bien besoin.

Asclé plia le papier et le remit à Étienne.

— «Le coupable est quand même Marc!», lut celui-ci, abasourdi. Je n'en reviens pas, je suis un...

— Idiot, termina Marianne à sa place.

— Oh! Princesse, je suis capable de me taper sur la tête tout seul, je ne pense pas avoir besoin d'aide, merci!

— Que va-t-on faire? demanda Marianne, soudain redevenue sérieuse.

Elle tenta de pousser la porte, sans succès.

— Je connais le camp comme ma poche, expliqua Rémi, je peux sûrement nous sortir d'ici.

— À quoi va servir ta connaissance du camp si nous restons enfermés dans ce local? demanda Étienne.

— Attends, Étienne, laisse-le parler! ordonna Asclé.

— Si je ne me trompe pas, les Allemands avaient creusé des tunnels secrets qui reliaient entre eux les différents bâtiments. Il doit donc y avoir un tunnel juste sous nos pieds.

— Que suggères-tu ? Que l'on creuse ? lança Étienne.

— Non, il y a forcément une entrée, affirma Rémi.

Asclé réfléchissait. Elle se leva et fit le tour de la pièce plusieurs fois.

— On ne sait pas ce qu'il veut, mais il a peut-être l'intention de nous faire sortir d'ici. Enfin, je l'espère. Si on sort, on pourra tenter de repérer l'entrée de ce tunnel.

— Je suggère qu'on mette les habits de prisonniers avant qu'il ne revienne. Le mieux serait de ne pas le contrarier, ajouta Rémi.

Marianne prit dans ses mains les pièces de vêtements sales.

— C'est dégoûtant !

— Tu n'as qu'à les mettre par-dessus tes vêtements, suggéra Asclé. Rémi a raison, nous devons mettre toutes les chances de notre côté.

La jeune fille attrapa un pantalon et l'enfila. Aussitôt, elle perdit connaissance et se retrouva dans la grange avec Ethan.

La porte s'ouvrit sur Ilse. Dès qu'elle aperçut Asclé, sa physionomie changea radicalement, son sourire se transforma en grimace et une lueur de cruauté brilla dans ses yeux. Cela n'échappa pas à Ethan, qui prit le premier la parole.

— J'ai fait le travail que vous m'aviez demandé, madame.

— Bien ! dit-elle sèchement, en s'approchant de la jeune fille.

Asclé recula d'un pas et faillit trébucher sur une fourche.

— Encore toi ! Que fait-elle ici ?

— Je la ramenais, madame.

— Non, répondit-elle mielleusement, je suis certaine que tu ne comptais pas la ramener tout de suite.

Ilse tournait autour de la jeune fille comme un loup autour de sa proie. Subitement, elle lui attrapa le bras.

— Comme tu as la peau douce, quel objet précieux ça fera.

Pétrifiée, Asclé retenait sa respiration. Ethan n'osa pas bouger.

— Je la veux, Ethan !

— Pardon, madame ?

— J'ai dit : je la veux. Je vous donne trente minutes pour la tuer. Sinon, je ferai en sorte qu'on s'occupe aussi de vous.

Ilse lâcha le bras d'Asclé.

— Ne me regardez pas comme ça, jeune fille. On ne se dit pas adieu, car je vous reverrai... dans mon salon !

Sur ces paroles, la femme partit à rire et sortit de la grange.

L'OPPORTUNITÉ

La bonne volonté trouve le moyen et l'opportunité.
Jean-Antoine de Baïf, *Mimes,*
enseignements et proverbes

Marc avait aménagé rapidement une des pièces du sous-sol comme quartier général de ses opérations. Il défit son sac et en sortit ses crayons de couleur et ses dessins, qu'il afficha au mur. Puis, satisfait, il se changea. L'excitation le gagna à tel point que ses mains se mirent à trembler. Il eut peine à boutonner son manteau de SS. Il installa à son bras le brassard portant la croix gammée. Il l'avait dessinée de nombreuses fois, mais maintenant, il la portait réellement, c'était magique. Enfin, il mit sa casquette. Étienne n'avait pas collaboré, il ne pourrait donc sans doute pas le sauver, mais l'important était de faire renaître l'ordre nazi. Il fit ensuite claquer ses bottes sur le ciment et sa cravache, sur la table. Il sentit le pouvoir l'envahir. Il allait prendre le contrôle, enfin. Il se sentait tout puissant. Il vaincrait. Il était l'heure d'aller compter les prisonniers. Il ouvrit la porte et sortit dans le corridor.

Arrivé à la cellule, il regarda à travers la grille. Splendide ! Ils avaient tous enfilé leurs costumes rayés. Il gonfla la poitrine et sortit son arme.

— Prenez les rangs ! aboya-t-il derrière la porte.

Les jeunes se regardèrent, inquiets. Asclé venait à peine de revenir de son autre vie. Elle se leva avec les autres. Marc déverrouilla la porte et entra. Asclé fronça les sourcils en voyant son uniforme de SS. « Il est sérieuse-ment malade », pensa-t-elle. Il avança vers eux et sortit de sa sacoche des triangles gris portant des numéros de un à huit.

— Accrochez-les à vos chemises !

Marianne regardait son triangle.

— Accrochez, j'ai dit ! Tout de suite !

— Oui, ça va, pas besoin de crier, répondit Marianne.

— Pardon ?

Rémi se mit devant Marianne au moment où Marc levait sa main pour la gifler. Il reçut le coup sans broncher. L'homme resta surpris, mais le coup l'avait soulagé. La colère était retombée.

— Aujourd'hui, vous commencerez par laver les pièces du sous-sol. Comme le bloc est grand, vous en aurez jusqu'à ce soir. Et je vous préviens! À la moindre tentative d'évasion, je n'hésiterai pas à tirer. Et maintenant, suivez-moi! ordonna Marc.

Dès qu'il se retourna pour leur montrer le chemin à suivre, Rémi fit signe aux autres de bien chercher l'entrée du tunnel secret. Tous acquiescèrent en silence.

Les élèves suivirent Marc jusqu'à une pièce contenant des seaux et des vadrouilles.

— Prenez ce qu'il vous faut! commanda leur geôlier.

Asclé osa enfin lui poser une question.

— Pourquoi faites-vous cela, Marc?

— On m'a donné une mission, et je dois l'accomplir.

— Qui vous a donné cette mission?

— Taisez-vous et prenez ce qu'il faut pour nettoyer! De toute façon, vous ne pouvez pas comprendre. Je suis au-dessus de tout ça.

— Tous les humains ont les mêmes droits, protesta Marianne, il n'y a pas de race supérieure!

— Une parole de plus et je vous prouverai le contraire, dit Marc en s'approchant d'elle.

Rémi se tenait prêt à réagir pour défendre son amie, mais Marc s'apaisa en voyant que

Marianne baissait les yeux et prenait elle aussi une vadrouille.

— Venez ! commanda l'adulte.

Ils traversèrent à nouveau le corridor. Tandis que Rémi et les autres observaient les murs, Asclé crut apercevoir une trappe sur le sol d'une des pièces. Elle prit la parole.

— Je pourrais peut-être commencer par cette pièce, elle me semble plutôt moche.

Marc approuva et continua son chemin, laissant Asclé seule. Elle regarda le groupe s'éloigner et décida de voir si la trappe se soulevait. Elle chercha des yeux ce qui pourrait lui servir de levier et trouva une grande vis. Elle l'inséra dans la fente et souleva doucement le couvercle. Elle ne savait pas quoi faire devant le passage qui s'ouvrait devant elle. Devait-elle tenter de se sauver ? Si l'autre issue était verrouillée, alors elle resterait coincée. Mais si cela n'était pas le cas, elle pourrait sortir et aller chercher de l'aide. Oui, mais si Marc s'apercevait de son absence, allait-il tuer les autres ? Après une légère hésitation, Asclé décida de plonger dans le tunnel. Elle devait tenter de sauver ses amis à tout prix. S'ils restaient avec Marc, qui sait ce qui leur arriverait ? La fin des visites approchait, il n'y aurait bientôt plus personne sur le site du Mémorial, alors il fallait agir vite. Elle sauta dans le tunnel et dut marcher à quatre pattes tellement le plafond était bas. Plusieurs amoncellements de terre bloquèrent partiellement son passage. Asclé dut même creuser à un moment, pour réussir à passer. L'obscurité était totale et la jeune fille se demandait comment elle allait pouvoir repérer la sortie. Elle n'aurait su dire depuis combien de temps elle rampait, quand elle se cogna à un mur métallique. À l'aide de ses mains, elle le tâta et sentit une poignée. Elle la tourna, mais celle-ci résista. Le cœur d'Asclé battit alors plus fort, car elle ne voulait pas mourir dans cet affreux endroit. Elle poussa de toutes ses forces contre la porte en métal, mais celle-ci ne bougea pas. Elle frappa ensuite avec ses poings, mais il n'y avait rien à faire. Soudain, elle entendit des voix et crut reconnaître celle de Gregory, l'infirmier qui l'avait examinée un peu plus tôt. Elle frappa donc à nouveau et cria de toutes ses forces :

— Au secours ! Au secours !

Elle se tut pour vérifier si on lui répondait, mais elle ne percevait plus aucun son. Alors, elle se mit à crier de plus belle :

— Au secours! Je vous en prie! On est coincés!

Le cœur battant, elle attendit en silence.

— As-tu entendu quelque chose? demanda Gregory à Mariett, la préposée à l'information.

— Oui, on aurait dit une voix qui criait.

En entendant cela, Asclé se remit à crier plus fort. Elle frappa encore et encore jusqu'à ce que la voix de Gregory se retrouve de l'autre côté de la porte.

— Qui est-ce? Où êtes-vous?

— Aidez-nous! On nous retient prisonniers!

— Mais bon sang! Où êtes-vous?

— Dans l'ancienne clinique. L'homme qui nous retient est armé!

— L'ancienne clinique? Dans le bloc 50? s'étonna Grégory. Mais je croyais que ce bloc était fermé au public...

— Il l'est! confirma la préposée. Les rénovations ne sont pas terminées.

— Je me suis sauvée dans le tunnel pour aller chercher de l'aide, expliqua Asclé. Tous les autres sont encore à l'intérieur du bâtiment.

— Tenez bon! On arrive.

— Venez vite, mais soyez prudents! supplia Asclé.

Gregory demanda à Mariett d'appeler la police pendant qu'il se rendrait au bloc 50.

— Ce n'est pas prudent, tu devrais attendre la police.

— Je ne peux pas la laisser là. Reste ici !

Pendant ce temps, Marc avait ordonné aux jeunes hommes de déplacer des meubles pour organiser des bureaux. Il surveillait Marianne et les autres filles du coin de l'œil, puis il voulut aller voir où en était Asclé. Il marcha donc en direction de la pièce où il avait vu entrer la jeune fille. Comme il ne la trouva pas sur place, il se rendit dans une autre pièce, croyant s'être trompé. Il fit ensuite le tour du bloc, pièce après pièce, sans trouver la moindre trace d'Asclé. Paniqué, il monta à l'étage pour voir si elle avait tenté de s'échapper. Il fut soulagé de voir que toutes les fenêtres étaient en bon état et que la porte était toujours verrouillée de l'intérieur avec un cadenas.

Gregory avait de son côté couru jusqu'au bloc 50. L'infirmier arriva près du bâtiment et s'accroupit sous une fenêtre. Tranquillement, il se leva et y jeta un coup d'œil. Il ne vit personne. Un cadenas avait été installé sur la porte, impossible donc d'entrer par là. Il faudrait passer par une fenêtre, mais naturellement, elles étaient aussi verrouillées. Alors, que faire ? Peut-être devrait-il attendre les policiers ? Il se sentait impuissant, d'autant plus qu'il n'était pas armé. À moins que... pensa-t-il. Mais oui, il avait les clés des vitrines ! Il courut donc vers le lieu de l'exposition permanente et attrapa, dans l'une d'elles, un fusil et des munitions. Heureusement, il savait comment tirer, car il prenait des cours de tir depuis maintenant deux ans. Il retourna au pas de course jusqu'au bloc 50. Les policiers n'étaient malheureusement toujours pas arrivés, il devrait donc briser une fenêtre. Il eut soudain l'idée d'appeler Mariett par walkie-talkie.

— Allô, c'est Gregory ! dit-il. Je suis en place. Peux-tu demander à Asclé qu'elle crie pour que je puisse entrer sans qu'on m'entende ?

— Oui, entendu. Je vais voir ce qu'elle peut faire.

— Merci ! Des nouvelles du service de police ?

— Ils m'ont dit que le temps d'attente était de dix minutes.

— Ce que ça peut être long, dix minutes ! Je te laisse, je vais entrer dès que j'entends du bruit.

Tel que prévu, Mariett demanda à Asclé de crier. Cette dernière ne se sentait pas bien, mais obéit. Alors, du plus profond de la terre, un cri résonna. Et la jeune fille replongea dans son autre vie.

Asclé était restée seule avec Ethan. Le jeune homme la regarda et lui dit :

— Je suis désolé.

— Je... commença Asclé.

— Il n'y a rien que l'on puisse faire, l'interrompit-il en la caressant. Et le moins douloureux est d'être tué par balle, poursuivit-il en sortant son arme.

— Vous n'allez pas...

— N'aie pas peur, je te rejoindrai tout de suite après.

— Non ! Et Alex, mon frère ?

— Avec un peu de chance, il survivra.

Asclé se mit à pleurer en voyant Ethan pointer son arme sur elle. Elle cria quand le coup partit, puis le silence refit surface. Un second coup de fusil retentit, suivi d'un nouveau silence qui s'éternisa : deux personnes de plus étaient mortes

au camp de Buchenwald. Entendant le bruit,
Ilse entra dans la grange avec un grand sourire.
Quand elle vit le corps d'Ethan étendu à côté
d'Asclé, elle hurla de déception.

Asclé tenta d'ouvrir les yeux, sans y parve-
nir. Elle manquait d'air. Elle essaya de bouger,
mais la terre qui la recouvrait était trop lourde.
Une partie du tunnel s'était effondrée sur elle.
Elle était enterrée vivante. Une petite poche
d'air lui permettait de respirer péniblement.

Marc avait entendu le cri et il avait
compris que cela venait de derrière la trappe.
Il avait souri : c'était la première victime. Il
savait effectivement que le tunnel était bloqué.
Jamais Asclé ne pourrait s'enfuir. Il irait la
chercher plus tard.

Gregory avait de son côté eu le temps de
briser une fenêtre et de se glisser à l'intérieur
du bâtiment. Il ne savait pas du tout à quoi
ressemblerait son adversaire. Il aimait jouer
au paintball, mais cette fois-ci, la balle ne
pincerait pas, elle trouerait sa peau. Il avança
prudemment vers l'escalier qui descendait au
sous-sol, puis il entendit des voix.

— Je vous avais prévenus que si quelqu'un
tentait de s'échapper, ça serait terminé pour lui.

Eh bien, je crois que vous ne reverrez plus votre amie Asclé.

Gregory descendit doucement jusqu'au sous-sol. De la lumière et la voix d'un homme provenaient de la deuxième pièce. Il se glissa sans bruit à côté de la porte. Il pouvait entendre le sang battre dans ses tempes. Il jeta un coup d'œil dans la pièce et vit qu'il y avait trois jeunes avec un homme armé habillé en SS. On aurait dit un mauvais documentaire. Gregory prit une grande inspiration et fit irruption dans la pièce en pointant son fusil vers le faux SS.

— Lâchez votre arme ! lui ordonna-t-il.

Mais Marc réagit très vite et attrapa Marianne par le cou.

— C'est à vous de lâcher votre arme, car si vous ne le faites pas, je la tuerai, compris ?

Gregory entendit alors du bruit provenant d'en haut.

— C'est fini ! Vous ne pourrez pas vous en sortir. Les policiers sont là.

— Vous mentez !

— Non, écoutez, ils vont défoncer la porte.

Marc prêta l'oreille et entendit qu'on frappait en effet des coups contre la porte d'entrée du bâtiment. Il s'agissait en fait d'une manœuvre de diversion de la part des policiers, car ils étaient entrés par la fenêtre pour prendre le kidnappeur par surprise.

— Lâchez cette jeune fille ! reprit Gregory en envoyant son arme sur le sol. Vous ne pouvez pas la garder prisonnière !

Mais Marc serra davantage le cou de Marianne. En voyant les lèvres de son amie devenir bleues, Rémi fit un signe à Étienne. À deux, ils s'élancèrent sur le dos de Marc qui, surpris, lâcha la jeune fille. Marc frappa alors Rémi avec la crosse de son fusil et donna un violent coup de pied à Étienne. Heureusement, pendant ce temps, les policiers étaient descendus et, au moment où Marc allait tirer sur Gregory, l'un d'eux fit feu et toucha Marc au bras. Ce dernier lâcha son arme et tomba par terre.

Mariett, qui n'entendait plus Asclé depuis au moins quinze minutes, quitta son poste pour se rendre au bloc 50 en voiturette. Elle attrapa ses clés et fonça vers le bâtiment.

Pendant ce temps, les policiers avaient menotté Marc et vérifié l'état de santé des autres personnes présentes.

— Il manque Asclé ! Elle est prise dans le tunnel ! s'écria Étienne en s'élançant vers la pièce équipée d'une trappe.

— Attendez, jeune homme! On envoie nos hommes en premier.

— Désolé de ne pas vous écouter, mais c'est celle que j'aime qui se trouve sous terre.

Et Étienne sauta dans la noirceur, suivi par les policiers avec des lampes de poche pour éclairer le tunnel.

— Asclé! Asclé! Réponds-moi. Où es-tu?

Asclé entendait une voix au loin, peut-être celle d'un ange. Une lumière brillait et des papillons multicolores virevoltaient autour d'elle. Une verte prairie l'entourait, et des enfants s'amusaient en faisant une ronde.

— Viens, Asclé! crièrent-ils.

La jeune fille ne pouvait cependant pas bouger, elle avait les jambes trop lourdes pour pouvoir marcher.

— Elle ne peut plus être très loin. On arrive au bout et je ne la vois pas, s'inquiéta Étienne.

Au même instant, Mariett rejoignit Gregory dans le sous-sol du bâtiment.

— Je suis venue, car je n'entendais plus Asclé, l'informa-t-elle. Je pense qu'il y a eu un effondrement de terre près de la porte.

Gregory avertit aussitôt le policier resté près de la trappe.

— On pense qu'il y a eu un effondrement!
cria celui-ci à ses collègues dans le tunnel.
Vous devez enlever la terre qui se trouve près
de la porte, là-bas, tout au fond!

— O.K.! répondit une voix au loin.

En entendant ces mots, Étienne se mit
à gratter frénétiquement avec ses ongles et
ses mains pour enlever la terre devant lui. Il
toucha bientôt quelque chose. Il gratta alors
encore plus fort et réussit à sortir une main.

— Asclé! Non! cria-t-il.

Le bras de son amoureuse était comme
du chiffon. Après une petite minute d'efforts
supplémentaire, il finit par débarrasser
complètement le visage d'Asclé de la terre qui
l'avait recouvert. Elle ne respirait plus. Il la
tourna de façon à voir son visage et, sans perdre
de temps, il lui fit du bouche-à-bouche, exacte-
ment comme on le lui avait enseigné lors de sa
formation de sauveteur. Il vit rapidement que
les poumons de la jeune fille se gonflaient peu
à peu, alors il continua à un rythme régulier. Il
lui prit alors le pouls… mais ne le trouva pas!

— Non! Asclé! NON! Elle n'a plus de
pouls.

Un des policiers se faufila et dit:

— Continue de lui faire de la respiration artificielle, je commence le massage cardiaque.

Étienne s'appliqua de toutes ses forces. Le policier massait le cœur d'Asclé, tandis qu'Étienne lui insufflait de l'air.

Asclé se sentait de son côté aspirée par une très grande force. Les papillons avaient disparu. La noirceur avait envahi son univers et tout à coup, elle cracha de la terre. Un goût de boue emplissait sa bouche. Elle toussa. Aussitôt, Étienne et le policier arrêtèrent les manœuvres de réanimation.

— Asclé !

— Elle doit tousser. Continue à tousser, c'est bien, jeune fille !

— Asclé !

Étienne sentit des larmes couler le long de ses joues. Asclé le regarda. Elle se sentait si faible.

— Ça va aller… lui dit-elle enfin.

— Tu étais morte et tu me dis : ça va aller ? fit Étienne en pleurant et en riant en même temps.

— Oui, mon miroir magique… me protège, murmura-t-elle en essayant de le toucher.

Étienne l'attrapa pour elle et le lui mit dans les mains.

— Oui, ton miroir te protège, dit-il sur un ton moqueur.

— Tu en doutes?

— Non, non! Je pense que le policier et moi, eh bien, on a fait notre part.

— Je t'aime, Étienne Hénault.

— Je t'aime, Asclépiade Laplante, répondit-il en l'embrassant.

Le policier, qui se sentait de trop, décida de rebrousser chemin, mais avant, il leur conseilla de faire la même chose.

— Il vaudrait mieux que vous me suiviez, il peut encore y avoir des effondrements de terre.

— On arrive! dit Étienne. Es-tu capable de nous suivre, Asclé?

— Je crois bien que oui, répondit celle-ci.

La jeune fille manquait de force, mais réussit à se dégager complètement pour ramper jusqu'à la sortie. Elle y fut accueillie par Marianne, qui la prit dans ses bras. Manifestement content de la revoir vivante, Rémi lui sourit et la remercia pour son geste.

— C'est grâce à toi que nous avons pu être libérés, lui dit-il, reconnaissant.

— C'est plutôt grâce à toi et à ta connaissance du camp, lui répondit Asclé, tout en regardant Étienne.

— Oui, je m'excuse ! Asclé a raison, renchérit ce dernier. Sans toi, Rémi, nous serions probablement encore prisonniers, et peut-être même morts.

— C'est correct, va.

Heureux, Rémi prit Marianne par la taille et l'embrassa. Étienne fit de même avec Asclé, et les policiers durent tousser pour les inviter à s'en aller.

— Si ça ne vous dérange pas, j'aimerais bien enlever ces horribles vêtements avant, dit Marianne.

— Bien sûr, vous les mettrez dans les sacs en plastique, ce seront des preuves.

— Maintenant, que fait-on ? demanda Asclé.

— Je sais que cela va vous paraître long et pénible, mais vous devez nous accompagner pour déposer une plainte officielle en nous disant tout ce qui s'est passé. Nous vous servirons des sandwichs et des jus.

— Nous devons aussi avertir Marthe, l'autre accompagnatrice du voyage.

— Nous enverrons un policier lui parler.

Gregory et Mariett attendaient les jeunes à la sortie du bloc. Asclé alla les voir et les remercia.

— Merci ! C'est aussi grâce à vous que nous sommes encore en vie.

— Ce n'est rien, dit Grégory.

— Tu es humble, mais tu as quand même risqué ta vie ! souligna Mariett.

— C'est bon ! J'ai fait ce que je pensais juste. En tout cas, j'aimerais vous inviter au restaurant demain, et on pourra reparler de tout ça.

— Oui, on accepte votre invitation, merci ! répondit Asclé. Mais là, je crois que les policiers m'attendent.

— Bonne chance, alors !

Encore vacillante, Asclé se dirigea vers la voiturette de golf, qui la mena jusqu'au véhicule de la police, stationnée quelques dizaines de mètres plus loin. Marc avait de son côté été transporté en ambulance vers un hôpital, où son bras avait été opéré d'urgence. Il devait ensuite être emprisonné, en attendant son procès.

LA SURPRISE

Nous sommes notre plus grande surprise.
Paulo Coelho, *Sur le bord de la rivière Piedra,*
je me suis assise et j'ai pleuré

Ilse, son mari Koch et le docteur Hans Eisele furent mandatés à un autre camp avant qu'Henri et Carl ne soient tués. Les deux soldats canadiens purent donc retourner dans leur baraque en attendant la libération, le 12 avril 1945. Alex, avec une cinquantaine d'autres enfants, fut libéré aussi ce jour-là. Ils avaient tous les trois réussi à survivre, mais leur vie ne serait plus jamais la même. Henri dit au revoir à son ami et retourna à Québec. Arrivé là-bas, son sac sur le dos, il alla cogner à la porte des parents d'Élizabeth. Une petite fille de trois ans vint lui ouvrir la porte.

— Oui ? dit-elle d'une petite voix chantante.

— Oh ! répondit Henri. Je crois que je me suis…

Henri s'excusa auprès de la petite et vint pour rebrousser chemin, quand Lili sortit sur le trottoir.

— Henri ?

Il se retourna.

— Salut, Lili ! Je ne voulais pas te déranger.

— Mais tu ne me déranges pas !

Elle courut se jeter dans ses bras, mais il resta froid. Il était certain qu'elle avait refait sa vie avec un autre homme. Qui pourrait lui en vouloir ? Il ne lui avait pas donné de nouvelles pendant quatre ans.

— Tu as une fille... dit-il en la repoussant.

Elle sourit et invita la petite à s'approcher.

— Oui, elle s'appelle Henriette.

— Bonjour, Henriette, la salua Henri en bougonnant.

— Henriette, je te présente ton papa, Henri !

Henri regarda alors Élisabeth, les yeux grand ouverts. Avait-il bien entendu ce qu'elle venait de dire ?

— Qu'est-ce que tu as dit ?

— Je te présente ta fille, Henri.

— Ma... ma fille ?

— Eh oui. Je ne voulais pas te le dire avant que tu partes, j'étais sous le choc et j'avais peur de ta réaction.

Le jeune homme attrapa aussitôt sa bien-aimée dans ses bras et l'embrassa fougueusement. Il relâcha son étreinte quand la petite s'exclama :

— Papa, je peux avoir un câlin, moi aussi ?

— Si tu peux avoir un câlin ? Mais bien sûr, ma chérie !

Il souleva l'enfant de terre et la fit tournoyer dans les airs. Des rires déferlèrent en cascade dans la petite rue de Québec. Les parents de Lili, qui avaient entendu la discussion, les invitèrent à rentrer. La jeune fille raconta une partie de son histoire à son amoureux, mais Henri, lui, parla peu de sa vie passée dans les camps. Au cours de leur longue vie commune, il put raconter à Lili quelques situations qu'il avait vécues, mais certaines souffrances furent trop grandes pour pouvoir être partagées.

MARIANNE EST EN AMOUR

> *La vie et l'amour sont la même chose.*
> *Quand il n'y a pas d'amour, il n'y a pas de vie.*
> Roch Carrier, *De l'amour dans la ferraille*

Malgré les mésaventures vécues par Asclé et ses amis, le voyage en Allemagne ne fut pas écourté. Il dura sept jours.

De retour à Montréal, Asclé, Étienne, Marianne et Rémi allèrent manger dans un petit restaurant avant de rentrer à la maison. Asclé avait appelé sa mère pour lui dire qu'ils prendraient un taxi.

— Rémi, je tenais à te remercier encore une fois, lança Asclé.

— Y'a pas de quoi!

— Non, Asclé a raison, ajouta Étienne. Merci!

— C'est bon! fit Rémi, un peu embarrassé.

Marianne se rapprocha de lui et l'embrassa.

— C'est sa façon de lui dire merci, dit Étienne à Asclé.

— Tu ne serais pas jaloux, par hasard?

— Jaloux, moi? Et qui parlait de Kathy, l'autre jour?

— Ah, je le savais ! Tu parles encore d'elle.

— Mais voyons, Asclé, c'est une blague !

— Une blague ! Je vais t'en faire, des blagues, moi !

Elle lui frappa le bras.

— Aïe ! Mais voyons, du calme, Asclé !

Marianne et Rémi s'excusèrent.

— Si ça ne vous dérange pas, on va y aller, expliqua Marianne.

— Où allez-vous ? demanda Étienne.

Les deux nouveaux amoureux se regardèrent intensément.

— Je ne sais pas encore, répondit Marianne, mais je n'ai pas faim.

— Viens, je connais un endroit ! suggéra Rémi.

— Un endroit ? Où ça ? demanda Étienne.

— Voyons, Étienne, dit Asclé, je pense qu'ils sont assez grands pour savoir où ils vont. Ils n'ont pas besoin de ton approbation ni qu'on les accompagne.

— Ouais, bon, allez ! Bonne soirée ! salua Étienne.

Asclé se leva pour embrasser Marianne.

— À demain ! On se reparle.

— Oui, mais je ne sais pas si demain, je vais être disponible.

— Oui, je vois, répliqua Asclé. C'est bon, j'apprendrai à me passer de toi pour un temps.

— Ce n'est que pour un temps, expliqua Marianne. On dit que le corps réagit physiologiquement pendant deux ans.

— Deux ans ? Tu vas user ma patience, là !

— Je blague !

Elle chuchota à l'oreille de son amie.

— Je l'aime tellement que j'ai mal en dedans. Je ne peux pas penser le laisser ne serait-ce qu'une heure. Je n'ai même plus faim. C'est dingue, hein ?

— Wow ! C'est du sérieux, lança Asclé en lui faisant un clin d'oeil. Salut, Rémi !

— Bye ! dit celui-ci.

Il se pencha vers Asclé et lui donna une accolade. Voyant Étienne se renfrogner, il lui sourit et vint se planter devant lui en lui tendant la main. Étienne accepta de bon cœur cette invitation, puis Marianne et Rémi s'en allèrent trouver un endroit plus tranquille.

— Eh bien ! Penses-tu que Rémi sera de la bande, maintenant ? demanda Asclé.

— Je ne le sais pas, mais il sera souvent avec Princesse, ça, j'en suis sûr ! déclara Étienne.

Asclé le regarda en souriant, avant de perdre connaissance.

Asclé pressentait un danger, aussi se cacha-
t-elle derrière une grande colonne dans le palais
du pharaon. Des bruits de pas se rapprochèrent.
Elle retint sa respiration…

Quand elle revint à elle, son miroir s'était
teinté de rouge.

— Prêt pour une autre aventure, mon
amour ?

— Oh, non ! Pas déjà ! s'écria Étienne.

ÉPILOGUE

Le cas de Marc n'est pas isolé. Plusieurs enfants ayant subi de la négligence, des violences, des humiliations peuvent devenir des adultes avec de graves problèmes psychologiques. Marc fut accusé d'enlèvement, d'enfermement et de tentative de meurtre. À l'issue de son procès, il fut envoyé en prison. Asclé et ses amis racontèrent leur expérience dans leur école et allèrent jouer et discuter bénévolement avec des enfants victimes de violence, dans un organisme qui s'occupait d'eux.

Marianne et Rémi filaient le parfait amour. Ils s'étaient construit un petit nid dans la chambre de Marianne. Asclé et Étienne, de leur côté, firent plusieurs activités ensemble en attendant qu'elle revienne parmi eux. Au cours de cette aventure, leur amour avait été éprouvé, mais l'épreuve maintenant surmontée les avait rapprochés. Tranquillement, Étienne se faisait à l'idée qu'une autre aventure les attendait. Quant à Asclé, elle planifiait déjà leur prochain voyage en Égypte...